KB121243

이것이 법이다 122

2021년 10월 5일 초판 1쇄 인쇄
2021년 10월 8일 초판 1쇄 발행

지은이 자카예프
발행인 김정수 강준규

기획 이기헌 왕소현 박경무 강민구
책임편집 최전경
마케팅지원 배진경 임혜솔 송지유 이영선

발행처 (주)로크미디어
출판등록 2003년 3월 24일
주소 서울시 마포구 성암로 330 DMC첨단산업센터 318호
Tel (02)3273-5135 **편집** 070-7863-8592 **Fax** (02)3273-5134
홈페이지 rokmedia.com **E-mail** rokmedia@empas.com

ⓒ 자카예프, 2015

값 8,000원

ISBN 979-11-354-8925-9 (122권)
ISBN 979-11-255-9575-5 04810 (세트)

이것이 법이다

122

자카예프 장편소설

ROK MEDIA
로크미디어

CONTENTS

바닥 그 아래

"교도소에 있는 놈들은 기본적으로 가석방을 노립니다. 그래서 모범수라는 게 생기는 거죠."

노형진은 대책을 세우기 위해 변호사들과 회의에 들어갔다.

그런데 다른 변호사들도 딱히 방법이 없어 보였다.

"하지만 이런 식으로 문제를 일으키는 자들은 가석방 가능성 자체가 없는 놈들입니다."

그래서 아예 상대방을 괴롭히는 방향으로 틀어서, 교도관의 피를 말리고 그 대신에 편하게 감옥 생활을 하려고 한다.

"특히 성화의 회장이었던 김일성 같은 경우는 썩어도 준치라고, 힘이 있으니까요."

그래서 지금까지 개인 독실에서 아주 느긋하고 편하게 생활을 하고 있었다.

"이런 타입은 돈이 많거나 돈도 아예 없거나 둘 중 하나니까, 그 해결책 역시 두 개가 되어야 합니다."

"흠…… 그러면 일단 돈이 많은 쪽부터 해결해야겠군."

김성식은 진지하게 고개를 끄덕거리며 말했다.

검사로서 범죄자들이 그런 짓을 하는 걸 숱하게 봐 왔기 때문에 어떻게 보면 그는 노형진보다 더 그런 해결 방법을 찾고 싶어 했다.

"그 방법은 뭔가?"

"무차별 고소입니다."

"네? 김일성을 고소하자는 겁니까? 해 봐야 의미가 없을 텐데요."

무태식 변호사가 어리둥절한 표정으로 물었다.

당장 고소할 만한 건더기도 없고, 고소해도 기소조차 되지 않을 게 뻔하니까.

"제가 고소하는 건 김일성이 아닙니다."

"뭐?"

노형진의 말에 다들 살짝 당황했다.

지금 사건의 핵심은 김일성이다. 그런데 그를 고소하지 않겠다는 건 의외였다.

"무태식 변호사님 말씀이 맞습니다. 어차피 김일성은 나이가 있어서 거기서 죽습니다. 그건 피할 수가 없습니다."

김일성이라고 해서 나오려고 발악하지 않았을까?

그럴 리가 없다.

하지만 감옥 안에서는 모르지만, 감옥 바깥으로 나오면 유민택의 눈에 안 들어갈 수가 없다.

나오는 순간 보고가 들어갈 테고 유민택은 말려 죽이려고 무슨 수든 다 쓸 것이다.

"유 회장님은 산 권력이고 김일성은 죽은 권력입니다."

그러니 답은 나와 있다.

그를 도와주기라도 했다가는 그 누구라도 인생 종 치니까.

"아무리 운이 좋다고 해도 작은 쪽방에 몸 누이고 국가 기초 생활 수급자로서 최소한의 삶을 유지하는 게 김일성이 꿈 꿀 수 있는 최상의 미래입니다."

남의 명의로 집을 사고 재산을 가진다?

유민택이 그걸 가만둘까?

타인 명의라고 하면 그걸 밝혀내서 빼앗을 테고, 설사 밝혀내지 못한다고 해도 명의를 빌려준 게 그 누구라고 해도 말려 죽일 것이다.

"더군다나 당장 홍안수와 그 일파가 당한 게 있어서 남의 명의로 마음대로 뭘 할 수가 없지요."

홍안수는 몰래 남의 명의로 땅을 사서 시세 차익을 노리려다가 노형진에게 제대로 엿을 먹고 모은 돈을 모조리 날려 버렸다.

그런 사례가 있으니 아마도 그런 짓은 못 할 것이다.

"같은 조건이라면 사실 감옥도 나쁘지 않지요."

바깥에 나간다고 해도 마음 편히 돌아다닐 수도 없고, 또 아파도 제대로 치료도 못 받는다.

하지만 최소한 감옥에 있으면 유민택은 그 이상의 관심은 주지 않는다.

지금까지 그래 왔다.

그래서 노형진이 그런 사실을 알려 준 것이고.

"그러면 어쩌자는 건가?"

"일단 그를 독실에서 쫓아냅니다."

"독실에서?"

"네. 사실 독실은 개나 소나 주는 게 아니거든요."

독방과 독실은 다르다.

독방은 벌을 주기 위해 가두어 두는 좁은 공간이다.

그래서 사람이 미친다.

그러한 처벌용의 독방을 보통 징벌방이라고 한다.

그 안에는 TV도 없고, 대화할 사람도 없으며, 시간을 보내기 위해 책을 읽거나 하는 것도 금지되고, 편지도 쓸 수 없고, 교도소 내 매점 사용도 금지된다.

오로지 혼자서 스물네 시간을 계속 보내야 한다.

하지만 독실은 말 그대로 방을 혼자 쓰는 거다.

화장실 겸 샤워실도 있고 텔레비전도 있다.

좁기는 하지만 편하다.

쉽게 말해서 고급 고시원과 비슷하다.

"우리가 고소할 대상은 김일성이 아니라 그에게 방을 준 자들입니다."

"뭐? 이번에는 교도관들을 보호하는 거 아니었나?"

잘못 들었나 하는 생각에 다시 묻는 김성식.

의뢰받은 건 교도관들이다. 그런데 그들을 고소하다니?

"100보 전진을 위한 1보 후퇴쯤 되는 거죠."

"이해가 안 가네만?"

"원래 독실은 교도소 내에서는 상당한 특혜입니다."

이만저만 특혜가 아니다.

원래 교도소에서 독실에 들어갈 수 있는 사람들은 극히 드물다.

그마저도 독실이 부족해서 못 들어간다.

"그래서 심사를 거쳐서 들어가게 되어 있지요."

일단 독실에서 지내는 사람들은 둘 중 하나다.

우선, 풀려날 수 없는 살인범들.

그들은 누구를 죽여도 여전히 사형수이기 때문에 누구든 죽일 수 있다. 그런 만큼 그들은 독실에 둘 수밖에 없다.

실제로 사형수를 이용해서 감옥 내부에 있는 누군가를 죽이려는 시도가 제법 많았기 때문이다.

그리고 같은 방의 다른 사람들로부터 피해를 입을 수 있는 사람들도 독실에 둔다.

"그런데 여기서 문제가 생기죠. 전자는 어렵지 않습니다. 대부분의 사형수들이 여기에 포함되니까요."

한국은 법의 처벌이 극도로 약한 나라다.

사람 두세 명 죽여서는 사형이 나오지 않는다.

즉, 사형이 나왔다는 것 자체가 갱생의 여지가 없다는 거다.

"그런데 말입니다, 김일성이 거기에 해당될까요?"

"아니, 그럴 것 같지는 않군."

김일성은 살인마는 아니다.

물론 그가 명령을 통해 사람을 죽였을 수도 있다. 하지만 입증되지 않았고, 입증할 수도 없다.

"그리고 직접 사람을 죽이는 것과 말로 명령하는 것은 전혀 다르죠."

더군다나 김일성은 나이를 먹을 대로 먹은 노인일 뿐이며 일반적인 상황에서 상대방을 제압할 수 있는 능력이 있는 것도 아니다.

"결국 다른 이유로 그가 독실을 쓰고 있다고 볼 수 있지요."

노형진은 차분하게 말했다.

"300만 원."

"뭐?"

"독실로 옮겨 주는 조건입니다. 300만 원."

"그게 무슨 말인가? 돈을 주면 독실을 준단 말인가?"

"그렇습니다."

"말도 안 돼."

"말도 안 된다고요? 여기에서 감옥의 시스템에 대해 잘 아는 분 계십니까?"

다들 고개를 흔들었다.

이들은 법률 전문가다. 하지만 감옥의 생활은 모른다.

당장 검찰에서 오래 일한 김성식조차도 범인이 유죄를 받고 감옥으로 들어가면 그때부터는 그다지 신경 쓰지 않는다.

"클럽을 가 본 분이 계실지 모르지만, 클럽의 룸은 예약이지만 예약이 아닙니다."

"뭔 소리야? 이해가 안 가는데."

물론 이 자리에도 클럽에 가 본 사람들은 분명 존재한다.

하지만 그렇다고 해서 그들이 다 클럽의 룸에 놀러 다니는 건 아니었다.

"간단하게 표현하면 이런 겁니다."

클럽은 평소에도 사람이 많지만 몇몇 특수한 날은 진짜 미어터지는 편이다.

핼러윈이나 크리스마스이브 같은 날은 말 그대로 대혼란의 시기다.

그런 시기에 당연히 느긋하게 놀 수 있는 클럽의 룸을 예약하는 것은 그 자체만으로도 바로 남자의 경제력의 증명이다.

그래서 여자를 꼬시려고 하는 사람들은 그 클럽의 룸을 잡으면서 자신의 경제력을 자랑한다.

"그런데 이 룸이라는 게 예약이지만 사실상 확정은 아니라는 거죠."

가령 방 하나에 100만 원짜리 룸이 있다고 치자.

누군가 100만 원을 내면 그 룸은 그에게 예약된다.

그러면 일반적으로는 누가 돈을 더 주겠다면서 룸의 양도를 요구해도 불가능하다.

하지만 클럽은 아니다.

만일 누가 룸의 예약금으로 150만 원을 불렀다면, 그 룸은 150만 원을 부른 사람에게 넘어가게 된다.

"예약이라기보다는 경매에 가깝습니다."

"그러면? 교도소의 독실은?"

"비슷하게 굴러가는 거지요."

누군가 독실에 들어가고 싶어 한다.

그렇다면 심사를 거쳐야 하는데, 그 심사를 해야 하는 자들에게 적당한 뇌물을 주면 우선권이 오는 것이다.

살인범 놈들이야 미친놈들이라 방법이 없고 그놈이 사람을 죽이면 징계가 떨어지고 교도소가 난리가 나는 만큼 건드리지 못하지만 그렇지 않은 경우, 즉 그들이 들어가고 남은 독실들은 좋게 말하면 심사, 나쁘게 말하면 경매 과정을 거친다.

"그런데 그 독실의 한 달 사용료가 대충 300만 원 정도라고 하더군요."

"미친!"

"그게 사실인가?"

"네, 사실입니다. 사실 독실의 사용을 결정하는 건 사법이나 행정부가 아니니까요."

오로지 교도소 측에서 결정한다.

"아마도 김일성은 그 돈을 줘 가면서 그곳에서 편한 삶을 살아갈 겁니다."

수백만 원이다. 일반적인 범죄자들 중에는 그 돈을 매달 낼 수 있는 사람이 거의 없다.

"그래서 현실적으로 독실은 대부분 소위 말하는 범털이 가지고 갑니다."

김일성 같은 회장님, 또는 사람들에게 수백억대의 사기를 친 대형 사기꾼, 정치인 등. 독실은 그들에게 배정되고 있다.

"제가 고소하고자 하는 건 바로 그들에게 독실을 배정해 준 사람들입니다."

"그들에게 독실을 배정해 준 사람들……!"

지금까지 이슈가 되지 않았고 문제 삼는 사람이 없었을 뿐이다.

그런데 돈만 있으면 감옥에서도 느긋하게 먹고 마시며 살수 있고 독실까지 준다는 것을 알면 사람들은 화가 안 날 수가 없다.

"그러면 현재 독실에 있는 모든 자들에 대한 철저한 검증이 이루어질 겁니다."

"그때 유 회장님이 나서겠군."

"이미 유 회장님께는 전화번호부를 열어 두라고 해 놨지요."

지금까지야 몰라서 그냥 둔 것이지만, 전부 알아 버린 유민택이 가만둘 리가 없다.

심사에 들어가는 순간 자신이 아는 모든 사람에게 전화를 해서 그 문제를 따질 것이다.

당연히 그들은 유민택을 선택하지 김일성을 선택하지는 않을 테고.

"그러면 김일성은 어떻게 될까요?"

노형진은 빙긋 웃었다.

"아마 남은 생이 상당히 외롭지 않게 될 겁니다."

"뭐? 재심사?"

"그렇습니다."

"귀찮군."

자신을 찾아온 변호사의 말을 들은 김일성은 또 시기가 되었나 하는 생각에 짜증스럽게 중얼거렸다.

그의 감옥 생활은 편하지는 않았다.

하지만 그렇다고 해서 너무 불편한 것도 아니었다.

독방이라고 해도 규정이 있어서 마음대로 못 하게 하기는 하지만, 그건 어디까지나 돈 없는 놈들 이야기다.

자고 싶을 때 자고, 먹고 싶을 때 먹으며, 놀고 싶을 때 논다.

반입 금지? 그에게 그런 규정은 의미가 없다.

김일성은 손을 건성으로 휘휘 내저었다.

"대충 돈 주고 처리해."

"그런데 그게, 문제가 생겼습니다."

"문제?"

변호사의 목소리가 심상치 않은 것을 느낀 김일성은 미간을 찡그리며 그를 쳐다보았다.

"무슨 문제?"

"교도관들에 대한 고소가 들어갔습니다. 정확하게는, 이번 독실 배정 결정권을 가진 상위직 공무원들에게 업무상배임과 뇌물 수수로."

"뭐?"

변호사의 말에 김일성은 살짝 등골이 오싹해졌다.

지금까지 단 한 번도, 아무도 그 문제를 걸고넘어진 적이 없었다.

애초에 교도소에서 벌어지는 일에 대해 신경 쓰는 사람은 없었으니까.

그런데 그런 그들에게 고소가 들어갔다고?

"설마……!"

"유민택이 사방에 전화 중이랍니다. 교도소장이 어제 서울로 불려 올라갔습니다."

"뭐라고? 그걸 왜 지금에서야 말하는 거야!"

"방법이 없었습니다. 저도 알자마자 바로 면회를 신청해서 온 겁니다."

김일성의 눈꺼풀이 분노로 파르르 떨렸다.

화를 이기지 못한 김일성은 주먹으로 테이블을 세게 내려쳤다.

"젠장! 유민택 이 개 같은 자식! 그 자식이 뭘 요구하는 거야?"

"합당한 판단을 요구한답니다."

"합당한 판단이라니?"

"그게…… 고발자가 대룡입니다."

"망할."

다른 자도 아니고 대룡이 직접 고발을 했다.

그 말은 대룡이 사건에 직접적으로 손쓰겠다는 걸 의미한다.

기업이 이런 일에 직접적으로 고발하는 경우는 드물다.

일반적으로 고발은 변호사나 대리인을 이용해서 하는 게

보통이다.

그런데 대룡의 이름을 걸었다는 건 그를 노리고 있다는 것.

"도대체 어떻게 된 거야? 아니, 그놈이 왜 이제 와서?"

"저도 모르겠습니다, 왜 그런지."

교도관의 사건은 정식으로 고소가 진행되어 수사가 진행 중인 게 아니었기 때문에 알 수 없었던 변호사는 그저 침만 꿀꺽 삼킬 뿐이었다.

"아무래도…… 복수를 제대로 다시 하려고 하는 게 아닌 지…… ."

"무슨 복수? 이제 와서 뭘 어쩌겠다고? 교도소에 와서 칼로 날 찔러 죽이기라도 하겠다는 거야, 뭐야?"

버럭 화를 내는 김일성.

그러나 노형진의 복수의 계획은 그것과는 좀 달랐다.

⚖

"말이 많습니다. 저희가 모르던 사건이었다고는 하지 만…… ."

심혁민은 조용히 목소리를 낮추며 말했다.

교도소가 아니지만 누가 듣기라도 할까 두려워하는 눈치였다.

사실 상황이 상황이니만큼 걸리면 내부 고발자로 찍힐 판국이다.

"뭐, 걱정하지 않으셔도 됩니다. 추적될 건 없고요, 공식적으로는 대룡에서 김일성에게 보복하는 걸로 보일 겁니다. 대룡은 김일성에 대한 원한이 어마어마하니까요."

"그렇지만 저는 교도관으로서 그 미친놈들을 통제하고 싶은 거지 다른 동료에게 피해를 주고 싶은 건 아니었는데요."

심혁민의 말에 노형진은 한숨을 푹 쉬었다.

"심혁민 씨, 혹시 〈우리 멍멍이가 달라졌어요〉라는 프로그램 아십니까?"

"네? 아, 그거 압니다. 저도 몇 번 봤지요."

〈우리 멍멍이가 달라졌어요〉라는 프로그램은 이상행동을 하는 애견들을 전문가가 교정하는 프로그램이다.

제법 많은 사람들이 보는 인기 프로그램 중 하나다.

"그 프로그램에 대해 무슨 말이 있는지 아십니까?"

"네? 그게 무슨 구설수가 올라올 게 있나요? 죄다 개만 나오는데."

"그게 구설수입니다. 대부분의 전문가들이 내리는 처방의 이유를 보면, 잘못된 건 개가 아니라 주인입니다."

"주인요?"

"네. 개는 훈련받은 대로 움직입니다. 그리고 평소의 생활 습관대로 움직이지요. 그 말은 주인이 제대로 훈련도 시키지 않고 생활 습관도 개판으로 들여 놨다는 거죠."

말이 '우리 멍멍이가 달라졌어요'지, 현실적으로 결과를 보면 '우리 주인이 달라졌어요'가 되는 셈이다.

주인이 행동을 바꾸면 개도 행동을 바꾼다.

"이건 여기서도 마찬가지입니다."

죄수들이 그 난리를 치는 건 만만하게 보기 때문이다.

그리고 그 핑계를 만들어 주는 건 위에 있는 교도관들이다.

"물론 하위직 공무원들은 그럴 가능성이 낮다는 건 압니다. 하지만 독실의 사용 권한을 결정하는 건 상위직 공무원들이지요."

그들이 돈을 받고 독실을 마치 원룸처럼 임대해 주는 것이 문제인 것이다.

그것뿐만이 아니다.

상위직이 규정대로 일을 처리한다면 일반 교도관들이 이렇게 고생하지 않는데, 자신들에게 올 뇌물을 노리고 일반 교도관들을 갈아 넣는 쪽을 선택했기에 문제가 해결되지 않는 것이다.

"제가 알기로는 독실에서도 정해진 일과 시간에는 눕거나 자지 못하게 되어 있지요?"

"맞습니다."

설사 작업은 나가지 않는다고 해도 누워서 자는 건 인정되지 않는다.

"그런데 이야기를 들어 보니 죄다 누워서 자고 야동 보고

별짓을 다 한다면서요?"

"부정은 못 하겠네요."

사람들은 교도소에서는 야동 같은 건 보지 못할 거라고 생각한다.

그러나 본다.

그게 법의 맹점이다.

핸드폰은 소지할 수 없지만 PMP 같은 외부와 연락할 수 없는 교육용 전자 기기들은 소지할 수 있는데, 거기에 외장 메모리 하나만 끼워 넣으면 당연히 야동도 볼 수 있다.

내부 하드야 수시로 점검하지만 외장 메모리는 워낙 사이즈가 작아서 감추려고 하면 감출 수 있다.

물론 교도소에서 작심하고 뒤져서 찾으려고 한다면 찾을 수 있겠지만, 인권 침해 문제로 그 정도의 정밀 수색을 자주 하지는 못한다.

"그리고 그런 독실에 있는 놈들은 대부분 소위 말하는 범털이지요."

돈을 받고 독실을 주었거나, 위험하거나.

전자라면 돈을 받았으니 편의를 봐 달라고 압력을 행사하고, 후자라면 귀찮아서 건들지 못하도록 온갖 소송을 통해 상대방을 괴롭힌다.

"그러니까 교도관들도 건들지 못하는 거죠. 바로 거기서부터 잘못된 겁니다."

"네?"

"예를 들어 볼까요? 모 프로파일러가 했던 말이지요."

범죄자들, 특히 대형 범죄자들은 상대방을 조종하려고 한다.

그게 얼마나 치밀한지, 일반인은 그게 상대방의 조종이라고 생각하지도 못한다고 한다.

가령 모 범죄자는 취조하러 들어온 경찰에게 '나랑 오래 이야기할 건데 물이라도 한 잔 들고 오지?'라고 말했다고 한다.

일반인 입장에서는 상황상 얼마든지 할 수 있을 법한 평범한 말일 뿐이지만 심리적인 부분을 본다면 그 범죄자는 합리적인 이유를 들이대면서 경찰을 지배하고 통제하려고 했다는 의미다.

그때 적절한 대응은 고개를 끄덕이며 물을 가지고 오는 게 아니라, 나는 너와 달리 필요하면 얼마든지 요구할 수 있으며 물을 가져다줄 사람도 많다는 식으로 역습을 가하는 거다.

"지금 여러분들은 단순히 범죄자들이 여러분을 괴롭혀서 편하게 생활하려고 한다고 생각하시지요?"

"아…… 그건…… 사실입니다. 지금까지 그래 왔고."

"맞습니다. 그건 그들이 여러분들을 통제하면서 자신의 심리적 쾌락 역시 채우고 있다는 걸 의미합니다."

심혁민은 똥 씹은 표정이 되었다.

그건 예상하지 못했으니까.

"그들을 물리치는 건 간단합니다. 그들에게 통제되지 않으면 됩니다."

"하지만 어떻게요?"

"지금부터 제가 시키는 대로 하시면 됩니다, 후후후."

김일성은 변호사를 통해 여기저기 압력을 행사하면서 어
떻게 해서든 독실에 계속 있으려고 했다.

하지만 다른 사람도 아닌 유민택이 회사 이름을 걸고 직접
고발했다. 그게 무슨 의미인지 모르는 바가 아니니 사람들은
철저하게 그를 무시했다.

사실 김일성이 처음부터 독실에 있었던 것은 아니다.

처음에는 일반적인 단체실에 있었으나 유민택이 그에게
신경을 껐다고 생각한 이후에 독실로 옮긴 것이다.

"흠……."

심사가 시작되고 나서 새로이 바뀐 심사관은 눈을 찌푸렸
다.

"전임 심사관은 어디 갔나?"

"갔나?"

슬쩍 압력을 행사하기 위해 일단 반말을 던지는 김일성.

그리고 이미 노형진에게서 이야기를 들은 심사관은 그게
자신에 대한 통제 수단인 걸 알아차렸다.

"죄수 번호 5235호, 반말하지 마십시오."

"뭐?"

"반말하지 말라고 했습니다, 죄수 번호 5235호."

첫 번째, 사람이 아닌 다른 무언가로 대우해라.

사람으로 대우하면 그 대상에게 인격적으로 동조하게 된다.

그래서 일본군은 사람을 납치해서 고문하고 실험할 때 사람이라 부르지 않고 마루타, 즉 통나무라 불렀다.

그건 교도소도 마찬가지.

이름에는 마법 같은 힘이 있어서, 서로 이름을 부르다 보면 친밀성이 생긴다.

그걸 막는 방법은 간단하다. 규정대로 번호를 부르는 거다.

"너…… 너 지금 뭐라고 했어? 내가 누군지 알아?"

"죄수 번호 5235호, 전 사업가, 현재는 죄수. 총 35년 형. 제가 말한 것 중 틀린 게 있나요?"

"너…… 너……!"

김일성은 부들부들 떨었다.

지금까지 그의 호칭은 회장님 또는 대표님, 하다못해 이름이었다.

그런데 상대방은 철저하게 죄수 번호로 부르고 있다.

"너 이 자식. 내가 너 따위 보내 버리는 게 어려울 줄 알아?"

"5235호 죄수, 지금 이 자리는 당신의 독실 사용에 대해 판단하는 자리입니다. 협박이 좋은 생각은 아닐 텐데요? 자기 신분을 확실하게 알고 있어야지요."

두 번째, 상대에게 필요한 걸 자신이 쥐고 있다는 걸 확실하게 각인시켜라.

그렇게 함으로써 서열의 차이를 느끼게 해 줄 수 있다.

'그리고 다른 사람이라면 모르지만 김일성은 여기서 끝날 거라고 했지?'

언제나 지배계급에 있던 김일성이다.

그런 그가 본인이 피지배계급으로 떨어졌다는 걸 알았을 때 과연 무슨 생각이 들까?

"이런 개새끼!"

벌떡 일어나서 달려드는 김일성.

물론 김일성의 공격은 바로 제압당했다.

수갑을 채우거나 한 것은 아니었지만 그렇다고 해서 수감자와 심사관을 상담실에 단둘이 두지는 않으니까.

"잡아!"

"이놈 잡아!"

뒤에서 대기하던 교도관들은 심사관의 멱살을 잡고 흔드는 김일성을 끌어냈다.

뒤로 물러난 심사관은 그런 김일성을 보며 차갑게 말했다.

"정식으로 징계위원회에 회부하겠습니다. 물론 그의 독실 사용 자격은 인정되지 않습니다. 혼거실로 넣으세요."

"야! 너 내가 누군지 알아! 누군지 아냐고!"

고래고래 소리를 지르며 끌려가는 김일성.

"알지, 죄수 번호 5235호."

다른 교도관들 역시 계획에 대해 이미 들었기에 철저하게 사람이 아닌 죄수 번호로 불렀다.

애초에 그게 정상이다.

"후우."

심사관은 김일성이 끌려 나간 방향을 보면서 눈을 찌푸렸다.

"일이 이쯤 되었으니 이제 돌아갈 수는 없겠네."

"그렇겠지요."

밖에서 들어온 심혁민은 흐트러진 그의 옷을 정리해 주며 말했다.

"그렇지만 우리 뒤에 누가 있는지 아시지 않습니까?"

"그래. 저런 놈보다는 백배 천배 위험한 사람이지."

얼마 전 교도소를 찾아온 대룡의 비서는 그들에게 비서실의 전화번호를 넘겨주면서, 누군가가 김일성에게 혜택을 주려고 하거나 김일성이 갑질을 하려고 하면 즉시 대룡으로 연락해 달라고 했다.

이제 아무리 김일성이 지랄을 한다고 해도 그가 할 수 있는 건 없었다.

"그나저나 독방에 한번 갔다 온 후에는 조용해질까?"

"그럴 리가요."

독방은 독실과 다르게 징벌을 위한 방이다. 김일성은 그곳에 한 번도 들어가 본 적이 없다.

아마 이번이 처음 들어가는 것일 것이다.

"그걸로 정신 차릴 놈이면 좋겠지만, 어디 그러겠습니까?"

독방에 천번 만번 넣어 봐야 정신 안 차릴 놈은 끝까지 안 차린다.

"하지만 언젠가는 쓰러지겠지요."

그들은 그렇게 말하면서 김일성이 끌려 나간 방향을 바라봤다.

"일단 그가 독방에 있는 사이에 우리도 우리 일을 하지요."

"그래야지. 망할 새끼들, 좋은 시절 끝났다."

그러면서 교도관들은 이를 갈았다.

⚖

이재춘. 그는 살인범이다.

더는 그의 폭력을 참지 못하게 된 아내가 아이들을 데리고 친정집에 가서 이혼소송을 하자 오밤중에 칼과 휘발유를 들고 찾아갔다.

장인어른 집이었기 때문에 비밀번호를 알고 있던 그는 어렵지 않게 들어가서 자고 있던 아내와 장모와 장인, 심지어 자식까지 칼로 찔러 죽였다.

그 후 불을 지르고 계단에서 기다리다가 불을 피해서 바깥으로 나오는 사람들을 무차별적으로 찔러 죽였다.

그 사건의 사망자만 여덟 명이 넘었다.

대피를 시키던 경비원에게 제압될 때까지 그는 계속 사람을 죽였고, 결국 사형수가 되어서 교도소에 왔다.

그러나 그는 자신의 죄를 반성한 적이 없다.

도리어 철저한 갑질로 편하게 살았다.

"6928번, 일어나."

누워 있는 이재춘을 보고, 새로 바뀐 교도관이 문을 두들기면서 경고했다.

원래 그는 혼거실에 들어가 있었지만 단순히 자기 마음에 안 든다는 이유로 칫솔로 동료 죄수의 눈을 후벼 파려고 덤비는 바람에 어쩔 수 없이 독실로 보내야 했다.

"뭐라는 거야?"

이재춘은 교도관의 말에 피식하고 비웃음을 날렸다.

이런 일은 흔하다.

자신이 몇 번 괴롭히면 교도관들은 슬슬 시선을 피한다.

그리고 자신을 그냥 둔다.

물론 그 과정에서 길들이겠다고 독방에 가두는 놈들도 있었지만, 그럴 때마다 소송하고 온갖 서류를 요구하면서 피를 말리면 결국에는 도망간다.

'지난번 그 새끼도 도망갔겠지.'

바뀐 교도관을 보면서 이재춘은 시큰둥하게 생각했다.

그다지 문제가 될 것도 없는 일이었다.

"너 마음에 안 들어."

이재춘은 피식 웃으며 말했다.

"너 말이야, 너 내가 무슨 짓을 할 건지 알고는 있나? 엉? 내가 뭔 짓 하기 전에 알아서 기지?"

히죽거리며 말하는 이재춘.

그는 교도관의 말을 무시하고 계속 누워서 버텼다.

"뭐, 독방에 넣으려면 넣어 봐. 재주껏 해 보라고."

히죽거리는 이재춘.

하지만 그는 노형진이 만든 해결책이 뭔지 꿈에도 생각하지 못했다.

"6928호 이재춘, 일어나."

"아, 쌍! 또 뭔데?"

아침부터 자신을 깨우는 교도관의 말.

그런데 오늘은 평소와 다르게 문이 열리면서 포승줄을 쥔 교도관들이 안으로 들어왔다.

"이런 씨발!"

그걸 보고 이재춘은 심장이 철렁했다.

사형수들에게 가장 무서운 것은 바로 갑작스러운 사형집행이다.

공식적으로 사형이 폐지되지 않은 한국은 진짜 누가 미쳐서 사형집행을 하면 모조리 싹 죽을 판국이니까.

"이재춘, 조사다."

다행히 그런 건 아니었다.

"조사? 뭔 조사?"

"너, 교도관을 협박했다면서?"

"뭐? 그 새끼가 신고했어?"

"나와."

"병신 새끼."

그는 웃으면서 밖으로 나왔다.

그러자 그의 몸을 묶는 끈.

그는 위험한 죄수다. 그리고 위험한 죄수의 수송에는 규정이 있다.

"갔다 와서 두고 보자."

그는 이를 박박 갈았다.

이때까지만 해도 그는 노형진이 만든 함정에 자신이 빠졌다는 걸 전혀 몰랐다.

⚖️

"역시나 이렇게 나오는군요."

쓸모도 없는 서류의 요구.

예상대로 이재춘이 고전적인 방법으로 괴롭히기 시작한 것이다.

"일단 여러분들이 해야 하는 일은 서류를 준비하는 겁니다."

"결국 똑같은 거 아닙니까?"

심혁민은 불만스럽게 말했다.

"아니요. 똑같지는 않습니다. 여기서 우리는 어설프게 배운 것과 제대로 배운 것의 차이를 알 수 있지요."

"네? 뭐가 말이지요?"

"교도소에서 그놈들에게 줄 수 있는 서류는 뻔합니다."

대부분의 사건 서류 같은 것은 경찰이나 검찰 또는 법원을 통해 받아야 한다.

사실 교도소에서 그들에게 제공할 수 있는, 즉 교도관이 만들 수 있는 서류의 종류에는 한계가 있다.

"그들은 지속적으로 그 서류를 만들어 내라고 요구하면서 과로를 유도하지요."

"네."

"그런데 모든 법적인 서류에는 정해진 기한이 있습니다."

"정해진 기간요? 그거야 그런데……."

"어차피 그 기간만 지키면 되는 거 아니었나요?"

노형진의 말에 심혁민은 그의 말뜻을 깨달은 듯 눈을 부릅떴다.

"설마?"

"맞습니다. 그놈이 요구한 서류는 주면 됩니다. 다만 지금처럼, 달라고 할 때마다 계속 줄 필요는 없습니다."

그냥 최대한 기한을 기다려서 주면 되는 거다.

일반적으로 기한은 2주 정도다.

어지간하면 2주 내에 서류를 정리하는 것은 어려운 일이 아니다.

"더군다나 사정에 따라서는 비공개도 가능하거든요."

"그게 무슨 말입니까?"

"모든 서류가 다 공개 규정에 따르는 건 아닙니다."

"하지만 이건 원칙적으로 공개해야 하는 서류가 맞는데요."

"맞습니다. 그러나 법적으로는 상황에 따라서 비공개로 돌릴 수 있습니다."

실제로 법원이나 검찰에서는 공개 청구가 들어와도 썹거나 온갖 핑계를 대면서 서류를 공개하지 않는 경우가 많다.

예민한 문제라거나 하는 식으로 말이다.

"그런 경우 담당 공무원이 해당 서류는 예민한 문제라고 판단해서 비공개 청구할 수 있지요."

"그러면?"

"당연히 그건 법률의 심사에 따라 판단해야 합니다. 그리고 심사 기간은 못해도 2주는 걸립니다."

그러면 그 서류를 요구해도 결국 받는 데에는 한 달이 걸린다는 거다.

"그사이에 요구하면? 대꾸할 건 많습니다. 심사 중이다, 준비 중이다. 한 달에 한 번 정도 서류를 제공하는 건 어려운 일이 아니지요."

"으음…… 그런데 계속 요구하면요?"

"아까도 말했다시피 저런 죄수들은 아는 게 별로 없습니다. 사실 저들이 자기들이 요구하는 서류의 정식 명칭 같은 걸 따로 공부하겠습니까?"

그럴 리가 없다.

그렇게 제대로 공부했다면 공무원이나 변호사가 되었지 죄수가 되지는 않았을 것이다.

"보통 인권 운동가나 변호사가 교도관 길들이기에 쓰라고 알려 줍니다. 즉, 그들이 요구할 수 있는 서류는 그래 봐야 뻔하다는 거죠."

그 모든 서류에 대해 보류 요청을 하고 시간을 무지막지하게 끌면 된다.

그러면 그 이후에는 어떻게 될까?

"현행법상 동일한 서류에 동일한 자료라면 요구와 상관없이 한 번만 제공하면 됩니다."

범죄자들이 교도관들을 괴롭히는 방법이 그거다.

일단 서류를 요구한다.

그걸 제공하면 또 비슷한 서류를 요구한다.

그것도 제공하면 또 전에 요청했던 서류를 요구한다.

현행법상 그러한 서류를 미리 만들어 두는 것은 불법이다.

"그래서 그때마다 새로운 서류를 만들어야 하는 게 교도관들이 고통받는 가장 큰 이유지요."

그렇다면 반대로 하면 된다.

온갖 수를 다 써서 지급 시기를 늦춰 버리는 것이다.

기밀 요청하고 시간을 끌고 하면서 그가 백 번 요청하든 천 번 요청하든 최종적으로 딱 한 번만 제공하면 된다.

"고의적으로 시간을 끈다고요?"

교도관들은 약간 뒤통수 맞는 표정이 되었다. 그건 생각도 못 했기 때문이다.

규정상 바로바로 해 줘야 한다고 생각해서 그리해 왔다.

"대부분 해 줘야 한다고 생각하지, 그 관련 규정에 대해서는 자세하게 안 보거든요. 그리고 이 부분이 중요한데……."

노형진은 씩 하고 웃었다.

"그걸 판단하는 건 여러분입니다."

"네?"

"정확하게는, 여러분들의 상급자가 공개를 판단한다는 거죠."

만일 그들이 비공개를 결정한다면? 그건 어떻게 될까?

당연히 안 주면 그만이다.

"하지만 저놈들이 고소할 텐데요?"

"제가 노리는 게 바로 그겁니다."

그들이 하는 고소는 행정소송이다.

행정이 잘못되었는데 상대방이 그걸 바꿀 생각이 없으니 교정해 달라는 것이다.

"모든 소송은 조정이라는 과정을 거칩니다."

문제는 이 소송이라는 과정에 들어가면 죄수는 그게 필요한 이유를 제출해야 한다는 거다.

그런데 죄수에게 그런 게 있을까?

당연히 없다. 그냥 괴롭히려고 요구한 거니까.

그렇다고 해서 행정법원에 대고 '교도관을 괴롭히기 위해 청구한 겁니다.'라고 주장할 수도 없다.

"당연하게도 그들은 아무런 말도 못 하지요."

그런 경우 행정소송에서는 어떤 판단이 내려질까?

아마 뻔한 판단이 나올 것이다.

'비공개는 합법이다'.

"그러면 그게 뒤집어지거나 필요가 생길 때까지 요구도 못 하겠군요!"

"맞습니다. 정확하게 그거죠."

처음에는 귀찮을 수도 있다.

하지만 그때부터는 교도관이 귀찮은 게 아니라 죄수가 귀찮아진다.

그 서류의 필요를 증명해야 하기 때문이다.

"과연 그게 가능할까요?"

일단 필요가 없는 서류인 건 너무나 당연하다.

재판 서류도 아니고 개인적인 서류도 아니니까, 죄수가 본다고 해서 뭔가를 바꿀 수 있는 것도 아니다.

물론 변호사가 붙어서 그걸 해결해 줄 수도 있다.

"그런데 변호사가 돈도 없는 죄수를 위해 공짜로 행정소송을 해 줄까요?"

그것도 필요 없는 서류를 위해서?

그럴 리가 없다.

일부 제대로 된 인권 변호사들이 사건을 뒤집기 위해 싸우기는 하지만, 죄수를 위해 교도관을 괴롭히는 변호사는 존재하지 않는다. 돈이라도 받는다면 모를까.

"서류를 요구할 수가 없겠군요."

노형진의 해결책, 그건 사건을 키워서 그들이 요구하지 못하도록 행정소송으로 끌고 가는 것이었다.

물론 추후에도 똑같이 요구할 수는 있다.

법과 상관없이 서류를 요구할 수 있는 횟수에 제한은 없으니까.

"그러면 우리는 다시 똑같이 하면 됩니다. 시간을 끌다가 기밀을 요청하고, 그 후에 그걸 가지고 죄수가 행정소송을 걸도록 한다! 그런데 그때부터는 우리에게 판례가 있지요."

이미 똑같은 서류를 요구한 바 있고 그 서류에 대해 합법적으로 비공개 결정이 내려진 행정재판 기록이 있다.

그걸 소송할 때 제출하면 어떻게 될까?

"장담하는데, 100% 기각 나옵니다."

서류? 그냥 기계적인 답변서 몇 개만 만들어 두면 된다.

소장을 미리 기계적으로 만들어 두는 건 불법이 아니다. 공식 서류가 아니니까.

하지만 범죄자 입장에서는 서류를 받을 방법이 막혀 버린다. 신청해 봐야 의미가 없는 거다.

"물론 인권 운동가들이 지랄할 겁니다. 아니꼬우면 자기들이 교도소를 열라고 하세요."

자기들이 귀찮게 되는 일은 하나도 없으니까 인권 운동한답시고 교도관들을 괴롭히는 방법을 알려 주는 거다.

"그런데 도저히 이해가 안 가는 게 하나 있는데요."

"뭔가요?"

"변호사야 그렇다고 칩시다, 돈 받고 일하는 놈들이니. 그런데 인권 운동가들은 뭡니까? 인권을 지킨다는 놈들이 도대체 왜 그런 소리를 하는 겁니까?"

교도관들의 질문에 노형진은 머리를 긁었다.

뭐, 그들 입장에서는 그리 생각할 만할 것이다.

"많은 운동이 잘못되었거든요."

"네? 사회운동이 불법이라는 건가요?"

"그게 아닙니다. 적 아니면 아군이라는 거죠."

"이해가 안 가는데요."

"그들은 인권을 지킵니다. 그런데 그 인권의 대상이 오로지 범죄자인 겁니다."

"그게 뭔 개소립니까?"

"인간의 선민사상이 잘못 적용된 거죠."

사회운동을 하는 많은 사람들이 선민사상을 가진다.

자신이 남보다 우월하며, 그래서 남들과 다르게 사회운동을 한다고 생각한다.

그런데 거기서 논리적으로 문제가 생긴다.

자신은 남보다 우월하다, 그러니 자신이 인정한 존재를 제외하고는 권리가 존재하지 않는다.

"뭔 개소리래?"

교도관들은 어이가 없다는 표정으로 말했다.

"개소리가 아니라 현실입니다. 가령…… 얼마 전에 모 동물 보호 단체에서 있었던 일을 이야기해 볼까요?"

그들은 애견을 보호한다면서 사방에서 구해 간다.

그리고 그대로 안락사시킨다.

애초에 그 개들을 구해 가는 이유는 그런 고통과 안락사를 막기 위해서다.

그런데 그들은 자기들이 보호한다고 하고는 안락사를 시키는 것이다.

"자신들은 남보다 우월하니까 자신들이 하는 건 문제가 안 된다, 그게 사회운동을 한다는 미친놈들의 생각입니다. 요즘 고깃집에 다니면서 영업 방해하는 놈들 있지요?"

고기는 살해라고, 고기는 폭력이라고 하면서 온갖 난리를 친다.

물론 그들 입장에서는 그게 불편할 수도 있다.

"하지만 그들의 머릿속에 있는 건 죽은 동물의 권리뿐, 거기서 식사하던 손님이나 영업하는 사업자의 인권은 인정하지 않습니다."

왜냐? 그들은 고기를 입에 대는 무식하고 미개한 인간들이며, 그들을 갱생시키는 것이야말로 자신들의 가장 숭고한 의무라고 생각하기 때문이다.

"모든 사회운동가가 그렇게 생각하는 건 아니지 않습니까? 멀쩡한 사람도 많지 않습니까?"

"그게 문제입니다. 사회적으로 멀쩡한 사람은 승리할 수 없는 구조거든요."

사회에는 멀쩡한 사회운동가가 있고 선민의식에 찌든 사회운동가가 있다.

그럼 멀쩡한 사람 입장에서는, 선민의식에 찌든 미친놈이라고 해도 인간인 이상 최소한의 권리는 인정되기 때문에 그와 싸우는 걸 꺼린다.

하지만 그 미친놈은 자신이 인정하지 않은 대상은 자신보다 하층민이고 천한 놈이기 때문에 짓밟는 데 전혀 부담이 없다.

"그러면 누가 이기겠습니까?"

"으음……."

"방금 죄수 인권 운동가들의 생각을 물으셨지요? 그들의 머릿속은 이런 생각을 합니다. 범죄자들은 사회적으로 차별받아서 변한 것이다."

"사회적 차별요?"

"네. 그들의 인생은 그들의 잘못이 아니라 잘못된 사회 때문에 망가졌다고 생각하지요. 기본적으로 성선설을 믿는다고 보시면 됩니다."

"그러면 노 변호사님은 성악설을 믿나요?"

"저요? 저는 교육을 믿는데요."

"네?"

"성선설이니 성악설이니 하는 건 유전자가 발견되기 전의 이야기입니다."

인간은 악하거나 선하게 태어나는 게 아니다.

상황에 따라 달라진다.

"하지만 상황에 따라 달라지는 것도 또 절대적인 건 아니거든요."

살인자의 자식이라고 해도 경찰이 되는 수가 있고 반대로 영웅의 자식이라고 해도 사기꾼이 되기도 한다.

"그건 결국 사회의 책임과 관련이 있지요."

"그러면 그들의 주장과 같은 거 아닌가요?"

"좀 다릅니다."

그들은 사회가 잘못되어서 범죄자들이 범죄를 저질렀다는 것이지만, 노형진은 사회가 잘못된 것과 그들이 범죄를 저지르는 건 전혀 다른 문제라고 생각한다.

"그런 식이면 사회가 모든 걸 책임져야 하죠. 그거야말로 유토피아죠."

당연히 이건 개소리다.

인간에게 그게 가능했다면 이미 전쟁은 사라졌을 것이다.

"하지만 사회적 영향을 받는 것도 동의하신다면서요?"

"맞습니다. 하지만 그만큼 거기에서 벗어날 수 있는 기회도 줍니다. 여기는 한국입니다. 모든 질서가 무너진 소말리아 같은 나라가 아니고요."

그런 곳은 이탈을 하고 싶다고 해도 그게 불가능하다.

하지만 한국이 과연 그럴까?

진짜 온갖 방법을 다 찾아보면 일단 피할 방법은 있다.

맞고 사는 아이라면 사회단체를 통해 고아원에 가거나 경찰에 신고해서 도움을 받을 수 있다.

물론 한국의 사법 시스템이 공정하다고 말하는 건 아니다.

하지만 최소한의 도피를 할 수 있는 방법 정도는 있다는 거다.

"어린 거라면 이해하겠는데 나이 먹은 후에는 그런 거짓말이나 변명이 안 먹히지요."

그러나 죄수들을 위한 사회단체들은 그 죄수들의 박탈당한 기회에 집중하고 그들만 불쌍하게 생각한다.

가령 누군가 살해당하면 그들은 그 살해된 피해자는 불쌍하기는 하지만 죽은 사람이니 어쩔 수 없다고, 그냥 용서하라고 말한다.

그러면서 이 범인은 어려서 수많은 기회를 박탈당한 사람이니 측은하게 봐줘야 한다고 주장한다.

"그런데 말이지요, 죽은 사람과 그 가족은 그 몇 배의 기회를 박탈당하는 겁니다."

그러나 그들이 하는 말은 '어쩔 수 없다. 이미 벌어진 일 아니냐? 그러니 가해자에게 기회를 한 번 더 줘라.'다.

"그들은 이미 모든 기회를 잃어버린 피해자보다 그 기회를 버린 가해자에게 더 집중합니다. 그게 더 양심적이고 더 우월한 선택이라고 생각하거든요."

그러다 보니 그들의 행동은 점점 극단적으로 변하게 된다.

피해자의 인권이나 그 사법을 집행하는 사람들은 무조건 부패한 사람이며, 불법적이고 비인간적이라고 결정하고 접근한다.

당연히 그들을 제압하기 위해 별수를 다 쓰려고 한다.

물론 과거 한때 그런 시절이 없는 건 아니었으나 시대가 바뀌었다.

"하지만 그들은 그걸 인정하고 싶지 않은 거죠."

문제는 많다.

돈 문제도 있고 자신들의 선민의식도 있다.

그들은 일반인들의 상식과 신념이 상당한 수준으로 올라

왔다는 걸 인정하지 않는다.

그랬다가는 자신의 사상, 즉 선민의식이 사라지기 때문이다.

"그래서 그런다고요?"

"그렇습니다."

"하, 돌겠네, 진짜."

한숨을 푹푹 쉬는 사람들에게 노형진은 미소로 답했다.

"걱정하지 마세요. 그런 선민의식을 가진 놈들일수록 '실수'를 하니까요. 죄수들은 확실하게 케어할 수 있습니다."

그리고 그건 지금부터 시작이었다.

이재춘. 그는 교도관들을 괴롭히기 위해 수를 썼다.

쓸데없는 서류를 요구하면서 그들의 과로를 유도하려고
한 것이다.

하지만 얼마 후에 들려온 말은 그가 예상하지 못한 것이었다.

"뭐라고?"

"해당 문건은 업무상 기밀로 분류되었습니다."

"씨발. 뭐라는 거야, 이 새끼가?"

"아까도 말했다시피 해당 문건은 상부의 결정으로 비공개
처리되었습니다. 따라서 해당 자료는 공개할 수 없습니다."

"개소리하지 마! 지금까지 그걸 몇 번이나 봤는데!"

"몇 번이나 본 걸 왜 달라고 하는 겁니까?"

교도관의 말에 이재춘은 순간 말문이 막혔다.

하지만 강력범 죄수가 달리 죄수가 아니다. 상식이고 뭐고 없으니까 이런 강력범 죄수가 되는 거다.

"너 따위가 알아서 뭐 할 건데? 어? 입 닥치고 내가 달라고 하는 그거나 내놔!"

버럭 화를 내는 이재춘.

하지만 교도관의 말은 아까와 같았다.

"아까도 말했지만 그건 비공개 결정이 났습니다. 필요하면 행정소송 하세요."

"야! 너, 내가 누군지 알아? 어?"

"죄수 번호 6928호. 그거 말고 다른 게 있나요?"

"뭐?"

"당신은 6928호이고 더 이상 사회에 나갈 수 없는 사형수일 뿐입니다. 당신의 상황을 정확하게 알았으면 좋겠네요."

이재춘은 부들부들 떨었다.

하지만 현실적으로 그가 할 수 있는 건 없어 보였다.

더 이상 추락할 수 있는 곳이 없는 바닥이었으니까.

물론 그건 이재춘의 상상일 뿐이었다.

"이재춘, 일어나! 오늘 조사다!"

"이런 쌍!"

자리에서 벌떡 일어나는 이재춘. 그는 눈이 붉어져 있었다.

"작작 해, 이 새끼들아! 벌써 2주째야!"

이재춘은 교도관이 할 수 있는 게 없다고 생각했다.

하지만 그가 잊어버린 것이 있었다. 바로 교도관은 공무원임과 동시에 대한민국 국민이라는 거다.

당연하게도 교도관 또한 소송을 걸 수 있고 또 고소와 고발을 할 수 있다.

"네가 한 일이다, 이재춘."

"씨발."

이재춘은 이를 뿌드득 갈았다.

지난 2주간 그는 매일같이 경찰서로 불려 나갔다.

매일같이 경찰서에 고발이 들어갔고 그는 그 조사를 위해 불려 가야 했다.

죄목은 대부분 뻔했다.

협박이나 모욕 같은 것들.

실질적으로 사형수인 이재춘에게는 아무런 효과도 발휘하지 못하는 그저 그런 죄목이다.

벌금이 나와 봐야 줄 돈이 없고, 실형이 나와 봐야 교도소에 죽는 그 순간까지 있는 건 지금과 똑같으니까.

그래서 지금까지 교도관을 괴롭힌 것이다.

그런데 상황이 돌변했다.

"이런 씨발!"

"제압해!"

그가 이렇게 화를 내는 것은 그 불편함에 있다.

고소 또는 고발을 당하면 하루 종일 경찰서에 가야 한다.

그런데 그의 신분이 문제다.

그는 살인범이고 또 사형수다.

도주의 위험성으로 보면 100%라고 봐도 무방하다.

죽을 때까지 감옥에 있든가 아니면 사형당할 판국인데 그를 그냥 방치할 사람은 없다.

당연히 안전을 위해서 포승줄에다가 수갑까지 채워 상시 감시 상태로 둔다.

교도소에 있을 적의 그는 자고 싶으면 자고 놀고 싶으면 놀면서 느긋하게 살았다.

하지만 경찰서에서는 그게 가능하지 않다.

그럴 만한 공간도 없고.

그런데 이런 행태가 하루 종일, 그것도 며칠이나 지속되자 이재춘은 눈깔이 돌아갔다.

"그만하라고!"

"뭘?"

"내가 뭘 어쨌다는 거야!"

"고소가 들어왔으니 조사해야지."

교도관들? 그들에게는 그다지 특별한 게 없는 날이다.

어차피 조사해야 하는 놈들은 경찰서로 매일같이 보내야 한다.

미결수는 구치소에 두기는 하지만, 기결수가 된다고 해도 여죄가 나오는 놈들이 어디 한두 놈이던가?

"이런 씨발, 작작 좀 하라고!"

그렇게 편하게 살던 이재춘은 매일같이 불편해지자 눈이 돌아갔다.

"제대로 안 해?"

경찰은 물론 그의 말을 철저하게 무시했다.

그는 범죄자일 뿐이니까.

"이런 씨발!"

결국 진술하던 이재춘은 눈이 돌아가서 경찰에게 달려들었다.

"아악! 이놈이 날 물었어!"

"잡아! 끌어내!"

몸부림치는 이재춘. 그리고 그에게 떨어지는 발길질.

"씨발, 날 놔 달라고!"

이재춘은 고래고래 소리를 질렀다.

하지만 누구도 그에게 신경 쓰는 사람은 없었다.

⚖️

"으으……."

이재춘은 죽을 것 같았다.

2주간. 원하는 대로 된 것은 아무것도 없었다.

그가 입만 열면 교도관들은 협박이나 모욕으로 고소했고, 그러면 매일같이 수갑과 포승줄에 묶인 채 경찰서에 가서 딱딱한 의자에 앉아서 기다리다가 조사받고 교도소로 오면 차가운 독방에 들어가야 했다.

원래는 독실이었지만 그가 경찰을 폭행하고 교도관을 위협하면서 상황이 바뀐 것이다.

일단 고소가 진행된 상황에서 독방의 결정권은 교도소 측에 있었고, 교도소는 그를 독방으로 밀어 넣었다.

그래서 그런지 그는 많이 잠잠해졌다.

"그럴 겁니다. 기본적으로 죄수들의 심리상 상대방이 자기 마음대로 안 된다 싶으면 일단 미쳐 날뛰기 시작하거든요."

"그러면 그가 경찰을 공격하는 것도 계획이었던 겁니까?"

"계획보다는, 예상이죠."

노형진은 심혁민의 질문에 어깨를 으쓱하며 말했다.

"인내심이 있는 놈이라면 살인을 저지르지도 않을 테니까요."

"그렇기는 하지요."

"그러면 그다음부터는 뻔하죠."

그들은 자유의 몸이 아니다.

아침에 경찰서로 갈 때 같이 가고, 올 때 같이 와야 한다.

이게 의미하는 게 뭐냐면, 그 시간 동안 계속 포승줄과 수갑으로 묶여 있어야 한다는 거다.

"그동안 지배하던 대상에게서 지배당하기 시작하게 됩니다. 신체적 고통보다는 정신적 고통이 심하죠."

노형진이 노린 게 바로 그거다.

정신적 고통.

신체적인 고통을 법적으로 줄 수는 없다.

하지만 정신적으로 피폐하게 하면서 그를 말려 죽이는 건 가능하다.

"단순히 경찰서를 왔다 갔다 하는 걸로 저렇게 고통스러워할 줄은 몰랐네요."

"정신적 고통도 있지만 육체적인 부분도 문제가 되는 건 사실입니다. 사실 한국의 교도소는 편하거든요. 프랑스 교도소에 갔다 온 사람들은 재범률이 낮지요."

프랑스가 인권이 존중되어서?

애석하게도 아니다.

프랑스가 인권 국가로 분류되기는 하지만 그건 어디까지나 일반 시민 기준이다.

"프랑스는 교도소는 지옥처럼 운영합니다."

죄수가 편하면 갱생되지 않는다.

그게 프랑스의 모토다.

실제로 프랑스의 재범률은 상당히 낮은 편이다.

"물론 그게 문제가 없는 건 아니지만요. 사실 범죄는 실수와 실수가 아닌 건 구분해서 제대로 처벌해야 하거든요."

그런데 한국은 그렇지 않다.

물론 실수인 경우에 감경을 해 주는 건 사실이지만 기간이 다를 뿐 처벌은 동일하다.

"일단 지금은 한번 꺾였습니다만……."

노형진은 빙긋 웃었다.

"아직 안 끝났습니다, 후후후."

"뭐야?"

오랜만에 자기 방으로 돌아온 이재춘은 당혹감을 감출 수가 없었다.

독방은 처벌방이기 때문에 당연히 그 기간이 지나면 자신의 독실로 돌아간다.

그건 이해한다.

그런데 그의 방은 온통 핑크였다.

심지어 그에게 건네진 새 죄수복조차도 핑크였다.

"뭐…… 뭔데? 뭐 하는 건데? 여기 뭔데?"

"여기가 오늘부터 네 방이다."

"뭐?"

"오늘부터 네 방이라고."

"씨발…… 이거 뭔데!"

몸부림치면서 안으로 들어가지 않으려 하는 이재춘.

하지만 교도관들은 그를 강제로 밀어 넣었다.

"야! 문 열어! 문 열라고!"

이재춘은 화들짝 놀라 버럭버럭 소리를 질렀다.

하지만 교도관들은 철저하게 그를 무시했다.

"거기서 느긋하게 시간을 보내라고."

"씨발!"

버럭 소리를 지르는 이재춘이었지만 누구도 그를 꺼내 줄 생각은 하지 않았다.

⚖️

며칠 후 다시 노형진을 찾아온 심혁민은 신기하다는 표정이었다.

"이재춘의 상태는 어떤가요?"

"요즘 많이 힘들어하더군요. 잠잠해요. 왜 저러는 겁니까?"

이재춘에게 독방에 들어가 본 경험이 없는 건 아니다. 그러나 언제나 독실로 돌아오면 다시 지랄하곤 했다.

그런데 이번에는 아니었다.

"심리적인 문제죠."

"심리적 문제?"

"핑크는 사람의 심리를 안정시키는 색이거든요. 그건 몇 번의 실험으로 나온 결과입니다. 실제로 핑크로 운영되는 교도소도 있고요."

교도소 운영 규칙에는 내부의 색에 대한 규정 같은 건 없다.

당연히 그건 교도소에서 자체적으로 결정할 일이다.

이재춘의 성격을 모르는 바가 아닌 교도소장은 노형진의 말에 동의해서 바로 핑크로 방을 도배했다.

"고작 그걸 가지고 저렇게 잠잠해진다고요?"

"하하, 물론 아닙니다. 효과가 있는 건 사실이지만 그렇게 절대적인 효과를 발휘하지는 않습니다."

"그러면요?"

"남성성의 거세죠."

"남성성의 거세요?"

"네. 핑크 교도소에서도 나온 문제 중 하나입니다."

일반적으로 핑크는 여자아이들이 좋아하는 색이라고 한다.

물론 색으로 남녀를 나누는 게 차별이라고 할 수도 있지만, 옷이나 색의 선호도를 보면 확실히 핑크색은 여성에게 더 선호되고 있다.

"이재춘 같은 놈들은 자신의 남성성에 대해 무한한 자부심을 가지고 있습니다."

자신은 남자니까 자존심이 있고, 그래서 숙여서는 안 된다고 생각한다. 그래서 사람을 죽여도 반성하지 않고 남을 괴롭히며 자신의 기분을 채울 수 있는 것이다.

"그런데 저런 핑크핑크 한 방은 결과적으로 말하면, 그의 심리적 남성성에 대한 거세입니다."

"거세라……."

"물리적인 거세는 아니죠."

하지만 그가 남자가 아니라 여자 취급받는다고 느껴지게 만들면, 남성성을 자신의 주요 핵심 감정으로 살아온 이재춘 같은 녀석에게는 심각한 문제가 된다.

"그는 자존심으로 버티고 있었습니다. 그런데 그 자존심이 무너지는 상황이 온 거죠."

심지어 그가 핑크로 물들인 옷을 입고 다닌다는 소문이 돌면서 다른 죄수들도 키득거리는 상황이다.

"공격성이 줄어드는 효과도 있지만 심리적인 붕괴도 일으키는 겁니다. 사람들이 잘 몰라서 그렇지, 남자들에게 있어서 남성성의 인정은 무척이나 중요한 문제입니다."

"헐."

"애초에 이재춘에 대한 프로파일 분석도 그렇게 나오고요."

이재춘은 아내와 그 일가족을 깡그리 죽였다.

그런데 그 분석 결과에 따르면 그가 그렇게 화가 난 이유는 와이프가 배신해서가 아니었다.

사실 폭력을 행사한 것은 이재춘이니까.

"그가 아내와 그 가족을 죽인 이유는 이혼이라는 선택을 통해 자신의 남성성을 부정했다는 게 문제가 된 거라고 하더군요."

"이해가 안 가네요, 그게 얼마나 중요하다고."

"중요하지요. 가진 게 없으니까."

가진 게 없으면 얼마 없는 가진 것이 더욱 소중하게 여겨지는 법이다.

"그런 면에서 이재춘은 잘사는 집도 아니었고 성격이 좋은 것도 아니었고 사회생활이 원만한 것도 아니었죠."

그렇다 보니 폭력적 방식으로 자신의 권위를 유지하려고 했고, 그렇게 함으로써 자신의 남성성을 증명하려고 했다.

"이제 그게 부정당하고 있는 거죠."

그는 그것 때문에 너무나도 고통스러워하고 있는 것이다.

"물론 이걸로 그냥 끝나지는 않을 겁니다."

"네?"

"아까 말했다시피 핑크 교도소도 일부를 핑크색에서 다시 회색으로 바꿨지요."

이유는 간단하다.

거기에도 자칭 교도소 사회운동 전문가들이 인권 탄압이라고 지랄했기 때문이다.

분명 핑크색은 폭력 성향을 낮추고 범죄율을 낮추는 데 효과가 있다. 하지만 인권 운동가들에게 중요한 건 범죄자들의 기분이지 실질적인 효과가 아니다.

"그러니 조만간 그들이 나설 겁니다."

심혁민은 똥 씹은 얼굴이 되었다.

"죄수인권위원회에서 나왔습니다."

여자는 안경을 추켜올리며 말했다.

"여기서 죄수의 인권 침해가 심각하다는 제보가 들어와서요."

"그건 오해입니다. 저희는 죄수의 인권을 위해 최선을 다하고 있습니다."

담당자인 중일호는 침을 꿀꺽 삼켰다.

이들이 올 거라는 건 알고 있었다.

모를 수가 없다.

죄수들이 쓰는 모든 편지는 검열하게 되어 있다. 증거인멸을 사주하거나 할 수도 있으니까.

그러나 검열한다고 해서 그게 나가는 걸 모두 막을 수는 없다.

그건 진짜 인권 침해다.

그래서 인권 단체에 편지를 보내는 걸 확인했으니 당연히 그들이 달려올 거라 생각했다.

"이 편지에 따르면 끊임없이 고소하고 계속 징벌방에 집어넣으면서 핑크색으로 된 방에 가두고 심리적 학대를 하고 있다는데요? 이건 심각한 인권 침해입니다."

여자의 말에, 조용히 뒤에 있던 노형진이 끼어들었다.

"그 부분에 대해서는 제가 대답하면 될 것 같네요."

"누구십니까?"

"노형진입니다. 이번 사건을 담당하는 변호사죠."

"변호사?"

"그렇습니다."

여자의 표정이 묘하게 변했다.

'그러겠지.'

이런 문제가 생기는 경우 대부분의 교도소는 자체 해결하려고 한다.

물론 교도소에서 변호사를 못 구하지는 않는다.

하지만 예산 문제로 인해 사실상 선임이 불가능한 경우도 많고, 워낙 죄수들에게서 고소가 많이 들어와서 감당하기도 힘들다.

'이게 문제란 말이지.'

사회단체는 아무래도 사회적으로 유리한 위치를 가지고 있다.

일단 한국에서 인권 단체라고 하면 대놓고 적대적인 표현을 하는 사람은 없다.

일단 기선을 빼앗기고 들어가는 형태이다 보니 자연스럽게 협상에서도 불리해진다.

'하지만 변호사라고 하면 이야기가 달라지거든.'

살살 달래서 그냥 가라고 하는 담당자가 아니라서 법적으로 들이밀고, 필요하다면 인권 단체에 소송도 불사할 테니까.

"죄수인권위원회라고 하셨지요?"

"네, 그런데요?"

"일단 법인 번호 좀 알 수 있을까요?"

"네?"

"아시지 않습니까? 워낙 자칭하는 놈들이 많아서요."

"그게 무슨 말이지요? 우리를 의심하는 건가요?"

"네."

당당하게 '네.'라고 답하는 노형진을 물끄러미 바라보는 여자.

노형진은 물론 그런 심리적 압박용 시선에 물러날 생각이 없었다.

"적당히 무슨 위원회라는 말씀만 믿고 그 단체가 실존한다고 100% 확신할 수는 없지 않습니까? 당연히 그 존재를 확인해야지요."

"명함을 드렸잖아요?"

"아까도 여쭤 봤듯이 사단법인이나 재단법인 등록하셨냐는 겁니다."

"그건…… 안 했습니다."

"그러면 하고 오시죠."

"뭐욧?"

"하고 오시라고요. 법인 등록도 하지 않고 와서 인권 단체라고 주장하면, 저희가 뭘 어떻게 믿습니까?"

"이거 인권 침해 아닌가요?"

"재단법인으로 등록하는 데 얼마 안 합니다. 제대로 활동하려면 제대로 해야지요."

붉으락푸르락해지는 여자.

여자는 화가 난 듯 바로 핸드백을 낚아채듯 집어 들고는 바깥으로 나갔다.

"뭐 하신 겁니까?"

"자칭을 걸러 낸 겁니다."

"자칭요?"

"네. 인권 운동가들 사이에서는 일종의 수법이지요."

원래 인권 운동이라는 것은 대부분 밀접하게 연관되어 있다.

그런데 인권 운동가들 입장에서는 몸은 하나고 일은 여러 개다. 그렇다 보니 결국 한두 가지 주제로만 집중적으로 활동할 수밖에 없다.

그래서 나머지는 다른 단체와 협력해 가면서 한다.

"정상적인 단체라면 그렇습니다. 하지만 정상적인 단체가 아닌 경우는 이야기가 좀 다릅니다."

그들은 정상적인 활동을 하는 게 아니라 목에 힘주는 용도로 명함을 판다.

진짜 그 일을 하는 게 아니라 그와 관련된 일을 하면서 그 권력을 유지한다.

"선거철이 되면 별의별 인간들이 다 국회의원 사무실로 찾아갑니다. 작은 시 하나에 무슨 놈의 위원회가 백 개가 넘는 경우도 있지요."

그들은 선거를 핑계로, 도와준다면서 대신에 지원을 요구한다.

"대부분은 제대로 된 단체가 아닙니다."

무슨 무슨 위원회 위원장이니 이사장이니 하면서 명함은 판다.

"그런데 거기에 속한 사람은 위원장과 이사장 두 사람뿐인 거죠."

"네에? 설마요?"

"설마가 아닙니다. 실제로 위원장 타이틀만 백 개가 넘는 놈도 봤습니다."

그게 정상적으로 굴러갈 리가 없다.

애초에 백 개나 되는 인권 운동을 한다는 건 말이 안 된다.

더군다나 그중에는 중복되는 단체들도 어마어마하게 많다.

즉, 죄수 인권을 위해 일한다는 자가, 비슷한 목적의 단체에 스무 군데나 속해 있거나 하는 거다.

"방금 저 여자도 보니까 명함에 직함이 열두 개더군요."

정상적이라면 이루어질 수 없는 일이다.

"그런 경우는 등록 여부를 확인하면 됩니다."

"그게 차이가 큰가요?"

"크죠."

만일 재단을 등록하면 외부 감사를 받아야 한다.

그러니 허울뿐인 존재가 되는 건 불가능하다.

"하지만 이름만 존재한다면, 자신의 권력을 자랑할 수는 있지만 그건 허상이죠."

권력을 지탱해 줄 지지 세력이 없으니까.

"권력을 가지고 있다고 자랑하는 수법 중 하나입니다."

그걸 제대로 확인하기 위해서는 등록되어 있는지 물어보면 된다.

"등록하지 않고 활동할 수도 있지 않습니까?"

"그렇지요. 하지만 힘은 없죠."

"힘이 없어요?"

"한국은 자본주의국가입니다. 돈이 없으면 힘이 없죠."

숫자? 그건 의미가 없다.

100억을 가진 한 사람이 10만 원을 가진 10만 명보다 더 강한 힘을 가진 게 현대다.

"만일 등록하지 않으면 현행법상 모금법 위반입니다."

그리고 모금이 불가능하다면 자기가 가진 돈으로만 활동해야 한다.

과연 그럴 사람이 있을까?

그런 돈이 있는 사람이라면 당연히 등록해서 활동한다. 관련된 모든 걸 변호사에게 맡기면 순식간에 해결해 주니까.

"아까 전의 그 여자도 죄수인권위원회에서 나왔다고 하지만, 인터넷을 보세요. 그딴 곳은 없습니다."

정확하게는 기자들이 쓰는 기사에 이름 정도는 올라와 있었다. 어디 어디 시위에 누가 참가했다는 식으로 말이다.

"그런데 이런 기사들은 그들이 주장하는 걸 그대로 옮기는 수준이거든요. 즉, 존재하지 않지만 이권이나 기타 여러 가지 이유로 존재하는 것처럼 굴었던 겁니다."

하지만 노형진이 등록 번호를 물어보자 여자는 다급하게 도망갔다.

"그러면 다시 오지 않을까요?"

"뭐, 아예 안 오지는 않을 겁니다."

노형진은 어깨를 으쓱했다.

일단 사회운동을 하는 사람인 만큼 관련자들과 선이 닿아 있을 테니까.

그들 중 한 명쯤은 등록된 사회운동 단체를 가지고 있을 가능성이 높다.

"물론 그런다고 해서 저를 이기지는 못하겠지만요."

"한국수형자인권협회에서 나왔습니다."

아니나 다를까, 노형진의 말대로 얼마 지나지 않아서 다른 단체에서 사람이 찾아왔다.

이번에는 서글서글하게 생긴 남자였다.

"여기, 등록 번호입니다."

등록 번호까지 가지고 온 걸 보니 아무래도 노형진이 부담스러웠던 모양이다.

"그렇군요. 확인했습니다. 그래서, 무슨 일 때문이시지요?"

"지금 여기에서 이재춘 씨가 심각한 인권 침해를 받고 있다고 하더군요."

"어떤 면에서요?"

"일단 고소와 고발을 무차별적으로 당하고 있다고 하던데요."

"그렇군요."

노형진은 머리를 긁었다.

"하지만 고소와 고발은 교도관들이 피해를 입은 것에 대한 것뿐입니다. 지극히 정상적인 절차입니다."

"하지만 이재춘 씨는 그 모든 것을 혼자 감당하고 있습니다."

"당연한 겁니다. 혼자서 그 많은 범죄를 저질렀으니 혼자 감당해야지요. 하지도 않은 사람들이 공범으로 같이 처벌받을 수는 없지 않습니까?"

"네?"

"아, 그 방법도 있기는 하겠네요. 누가 그에게 사주했다면 말입니다."

노형진의 말에 남자가 순간 움찔했다.

'그렇지! 교도관을 괴롭히는 방법을 알려 준 새끼가 바로 이놈이구만.'

만일 이재춘이 입을 열면 곤란해지는 것은 이놈일 것이다.

"일단 그가 저지른 범죄에 대해서 제대로 처벌은 받아야지요."

"하지만 그는 어차피 사형수입니다. 어디 나가거나 형량이 늘거나 벌금을 낼 수도 없습니다."

"그거랑은 상관없습니다. 무슨 사건이든 법적인 판단을 받아야 하는 거 아니겠습니까? 그게 설사 의미가 없다고 해도 말입니다."

"하지만 그렇게 죄수를 수십 번이나 경찰서에 끌고 가고 검찰에 끌고 가고 법원으로 끌고 다니면, 그건 그 행동 자체가 인권 침해입니다."

"그 과정에서 폭행이나 모욕 등이 벌어졌나요? 그런 게 없다면 인권 침해는 안 되죠."

노형진이 한마디도 지지 않고 따박따박 대답하자 남자는 살짝 화가 난 모양이었다.

그럴 수밖에 없는 게, 대부분의 공무원들은 일단 자기들이 사회단체라고 하면 귀찮음을 피하기 위해서라도 설설 기기 때문이다. 그런데 노형진은 그런 모습을 전혀 보여 주지 않았다.

"변호사님은 모르겠지만 많은 피의자들이 수많은 인권 침해를 당하고 있습니다. 그걸 지켜야 나라가 민주화되고 바른 나라가 됩니다. 범죄자라고 해서 인권이 없다면, 그건 나라가 아니라 짐승들의 세상입니다."

"그런가요?"

노형진은 그 말을 듣다가 피식 웃으며 질문을 던졌다.

"그렇다면 그 이재춘 씨에게 고소나 고발을 당한 분들에 대해서는 어떻게 생각하십니까?"

"네? 갑자기 그게 무슨 말입니까?"

"아까 그러셨지요, 모든 피의자들이 인권 침해를 받고 있다고?"

"그랬지요."

"그 말은, 이재춘 씨에게 고소당한 분들 역시 그 순간부터 피의자가 된다는 소리입니다. 이게 무슨 뜻인지 아십니까?"

남자는 입을 다물었다.

그렇다면 그 고소당한 교도관들 역시 보호 대상이라는 걸 의미하기 때문이다.

"그런데 왜 범죄자만 보호하시고 공무원은 보호 안 하십니까?"

"그 둘이 어떻게 같습니까? 교도관은 공무원입니다."

"공무원이라고 해서 피의자가 되지 않는 것은 아니지요. 또한 공무원이기에 대한민국의 국민으로서 보호 대상이 되기도 하고요. 당연히 소송의 권리를 가지고 있습니다. 설마 인권 운동가인 분께서 그걸 부정하지는 않으시겠죠?"

노형진이 공격할수록 그는 말을 하지 못했다.

자기들이 지금까지 해 왔던 말들이 그대로 돌아오고 있을 뿐이니 방어할 방법이 없었던 거다.

"인권을 보장하세요! 안 그러면 고소하겠습니다."

"무슨 권한으로요?"

"뭐요?"

"무슨 권한으로 고소하냐는 겁니다."

노형진은 피식 웃었다.

"일단 인권 침해를 받고 있는 대상과 어떤 대리 계약을 하신 것도 아닌데요? 그리고 법률적인 대리는 변호사만 할 수 있습니다. 만일 이재춘을 위해 고소를 진행하신다면 변호사가 끼지 않은 이상 변호사법 위반입니다."

노형진의 차가운 대꾸에 남자는 입을 다물었다.

고소와 고발은 다르다.

고소는 당사자와 변호사만 할 수 있다.

고발 같은 경우는 범죄를 인지한 제삼자가 할 수 있다.

"그런데 여기에 어떤 범죄행위가 있나요?"

"……."

범죄행위가 없다.

일단 모든 게 규정 내에서 벌어진 일이다.

핑크색? 그게 뭐 어떤가?

교도소 내부의 페인트 색은 교도소장이 결정한 문제이지

다른 사람들이 뭐라고 할 문제는 아니다.

"뭐, 원하시면 고소나 고발을 하셔도 됩니다."

문제는 돈.

당연히 이재춘은 돈이 없다. 그러니 이들이 내야 한다.

'과연 그럴까?'

지금 이들이 이렇게 자칭 인권 단체를 운영하는 이유는 후원금이 들어오기 때문이다.

하지만 그 후원금이 변호사비로 나가는 걸 원할까?

'뭐, 정상적인 인권 단체라면 그거와 상관없이 변호사를 사겠지.'

하지만 정상적인 인권 단체라면 애초에 범죄자에게 교도관들을 괴롭히는 방법 따위를 알려 주지도 않는다.

"만일 변호사 없이 고소와 고발을 진행하시면 저희 입장에서는 변호사법 위반으로 고소하는 수밖에 없습니다. 그리고……."

노형진은 싱긋 웃었다.

"무고죄 역시 같이 들어가야겠지요."

"무고죄? 내가 뭔 짓을 했다고!"

"지금 제가 설명드리고 있으니까요."

"뭐?"

노형진은 품에서 녹음기를 꺼냈다.

"지금까지 그 행동이 죄가 되지 않는다고 수차례 설명해 드렸습니다. 그럼에도 불구하고 고소하신다는 것은, 상대방이 법적으로 불이익 또는 처벌을 받는 것을 노리고 하는 행동이 됩니다. 물론 무고죄로 고소당하시면 그에 대한 변호사는 따로 사셔야 합니다."

물론 한국에서 무고죄를 인정하는 비율은 엄청나게 낮은 편이니 아마도 유죄 판결이 나지는 않을 것이다.

'하지만 말문이 막히는 거지.'

실제로 그러한 예민한 법적 문제들 때문에 사회단체들이 시위는 쉽게 벌여도 고소 고발은 심각하게 생각한다.

그런데 시위는 못 하고 고소 고발한다고 한다는 건 시위할 사람이 없다는 걸 의미한다.

등록했다고 그 회원들이 확 늘어나는 건 아니니까.

설사 늘어난다고 해도 그 회원들은 죄수의 진짜 기본적인 인권, 즉 고문이나 구타 등에 저항하기 위한 사람들이지 감옥 벽의 색이나 죄수가 교도관을 괴롭히는 행동에까지 동의하지는 않는다.

"너…… 이러면 기자회견 할 거야!"

"후회하실 텐데요."

"뭐?"

"뭐, 아는 기자가 있으신가 본데, 저도 아는 방송국이 있습니다, 대룡이라고."

"……."

기자들에게 자신을 기준으로 소위 썰을 풀어서 몰아붙이

려던 모양이었지만 대룡인터넷방송국 이야기가 나오자 입을 꾸욱 다무는 남자.

"원하시면 아예 판을 깔아 드리지요. 인터넷 방송국이라 토론 채널 하나 만드는 건 어려운 일이 아니거든요. 아니면 공중파에 토론 프로그램을 하나 잡아 드릴까요?"

노형진은 싱글거리면서 웃었다.

"일단 핑크색에 관련된 연구 자료는 충분하고요, 이재춘 씨의 고소 고발 자료도 충분합니다만. 저희가 이재춘 씨를 학대하거나 인권 침해를 했다는 증거는 없을 것 같은데요."

"아니, 그건 심리적인 부분도 생각해야지!"

"심리적인 부분이라고 하신다고 해도 말이지요. 그걸 국민들이 동의해 줄지는 모르겠습니다만."

마지막으로 못을 박아 버리는 노형진.

"그래서 어떻게, 판을 깔까요, 말까요?"

"……."

"시위하신다고 하면 언제든 환영합니다. 제가 기자들 보내 드릴게요."

그러자 남자는 입을 꾸욱 다물었다.

⚖

얼마 후 사형수들은 조용해졌다.

문제를 일으키면 독방에 간 사이 자신의 방을 핑크색으로 도배한다는 사실이 알려지면서 도리어 눈치를 보기 시작했다.

　물론 그건 방만이 아니었다.

　혼거실에 있는 죄수들도 처음에는 무시했다.

　하지만 현실적으로 서류를 요청해 봐야 인정도 안 되고 자칭 인권 운동가들도 오지 않는 상황에서 자신들에게 핑크색의 죄수복이 지급되는 것은 상당히 자존심 상하는 일이었다.

　그들에게는 팬티까지 핑크색이 지급되었는데, 죄수들의 세계는 강하고 남성적인 게 중요하게 판단되기 때문에 그게 창피해서라도 쓸데없이 문제를 만들려고 하지는 않았다.

　딱 한 명만 빼고 말이다.

⚖️

　"김일성이 문제군."

　그는 독방에서 나왔다. 그리고 독실에서 쫓겨났다.

　그래서 그의 교도소 생활이 힘들어졌느냐?

　그건 아니었다.

　"같은 방에 있는 놈들을 협박해서 쥐고 흔드는 모양이야."

　이를 박박 가는 유민택.

　하긴, 복수한 줄 알았더니 또 다른 수법으로 편하게 살고 있다 하니 화가 날 수밖에.

"유 회장님도 원하면 바꿀 수 있지 않습니까?"

노형진은 고개를 갸웃했다.

사실 그가 그곳에서 편하게 있다면 방을 바꾸면 된다.

유민택의 힘이라면 김일성에게 적대적인 인물로만 방을 채우는 건 어려운 일이 아니다.

아니, 당장 있는 방도 적절한 경고와 혜택을 주면 쥐 잡듯이 김일성을 잡아 줄 것이다.

"나도 그럴까 했지. 하지만 다른 정치인들이 읍소를 하더군."

"읍소요?"

"그래. 김일성이가 뿌린 게 어디 한두 푼인가?"

당연히 그걸 받아먹은 자도 한두 명이 아닐 것이다.

붙잡혀서 감옥에 간 후에도 김일성은 그에 대해 여전히 입을 다물고 있다. 하지만 그렇다고 그가 준 뇌물에 관련된 기록이 과연 없을까?

"그가 입을 열까 봐 두려운 거군요."

"그래. 거기에다가 요즘 분위기가 얼마나 살벌한가?"

홍안수가 일본 스파이라는 증거가 나오면서 정치권은 살벌하다 못해 누가 죽어도 이상하지 않은 판국이 되었다.

이 상황에서 만일 그런 문제가 터지면 양쪽에서 때려죽이려고 할 것이다.

홍안수 쪽에서는 사건을 덮기 위해 일을 키울 거고, 반대쪽에서는 본보기로 삼기 위해 때려죽일 거다.

"정치인들이 와서 아주 싹싹 빌더군. 일이 너무 커지면 자기들이 곤란해진다고 말이야."

"직접적으로 협박이 들어간 모양이군요."

그렇지 않다면 그들이 굳이 유민택에게까지 와서 빌지는 않았을 것이다.

더군다나 유민택에게 있어 김일성은 자식을 죽인 원수나 마찬가지라는 걸 모르지는 않을 테니까.

"어쩔 생각이십니까?"

하지만 노형진은 속단하지 않았다.

유민택은 아버지인 동시에 사업가다.

그가 단순히 화만 내지는 않을 거라는 것은 어렵지 않게 알 수 있다.

"현실적으로 말하면 내가 여기서 물러나는 게 맞을 걸세."

그들에게 빚을 지워 둔다면 나중에 상당히 도움이 될 수도 있다.

"하지만 제대로 복수하지 못하면 그 모든 돈이 무슨 의미가 있겠는가?"

"그렇군요."

"그래서 자네를 부른 거야. 정부에서 원하는 대로 하지 않으면서 간단하게 엿 먹일 수 있는 방법은 없는 건가?"

노형진은 머리를 긁었다.

"설마 죽이고 싶으신 건 아니지요?"

"죽여? 천만에. 그놈에게 죽음은 너무 큰 축복이야. 난 그놈이 죽기 직전까지, 아니 죽지 못한 채로 고통받기를 바라네."

물론 현실적으로 고문을 가한다거나 하는 건 불가능하다.

하지만 지금처럼 다른 놈들에게 왕 취급받는 것은 절대 원하는 바가 아니다.

"그러면 방법은 간단합니다."

"무슨 수로 말인가?"

"원하는 대로 하십시오. 멤버를 바꾸고, 그에게 적대적인 사람들로 채우면 됩니다."

"어허, 이 사람! 아까도 말했잖나, 정치인들이 그 녀석이 입을 열까 봐 벌벌 떨고 있어."

"압니다. 그래서 이런 말씀을 드리는 겁니다."

"뭐?"

유민택은 어리둥절한 표정이 되었다.

그렇게 되면 분명 그는 복수를 위해서라도 입을 나불거리려고 할 것이다.

"제가 한 가지만 묻겠습니다. 이번에 은혜를 입었다고 생각할 그놈들이 장차 은혜를 갚을 가능성이 과연 얼마나 됩니까? 아니, 그걸 갚을 수 있는 기회를 잡기 쉬울 것 같습니까?"

"음?"

"회장님, 홍안수가 코너에 몰리고 있습니다. 피가 흐르지 않을 것 같습니까?"

"……!"

그 순간 유민택은 아차 싶었다.

홍안수의 탄핵은 피할 수 없다.

당장 매일같이 시위하는 사람들은 늘어나고 있다.

홍안수는 과거 대통령이 했던 컨테이너 산성을 쌓아 가면서 철저하게 무시하려 하고 있지만, 이미 국회의원들은 탄핵을 결정한 상황.

심지어 홍안수를 편들어 주던 자유신민당조차도 어쩌지 못하는 지경이다.

"얼마 후면 피가 흐를 겁니다. 찾아와서 읍소한 사람들 중에 얼마나 살아남을까요?"

"거의 없겠군."

거의 없는 정도가 아니다.

그냥 물러나는 선에서 끝나면 그나마 다행이다. 거의 대부분은 어쩔 수 없이 감옥에 가게 될 가능성이 크다.

"지난 정권은 김일성에게 많은 걸 받았습니다. 하지만 이제 그 끝이 다가오고 있지요. 그렇다면 이다음에는 어떻게 될지 예상하는 건 어렵지 않습니다."

은혜를 입힌다?

그건 의미가 없다.

그들은 더 이상 그 은혜를 갚을 방법이 없을 테니까.

"물론 일부는 살아남을지도 모르지요. 하지만 그들이 살아남는다고 해서 대룡에 보복을 하거나 원한을 가질 수 있을까요?"

김일성은 이미 끝장났고 정권도 바뀌었다.

그들이 복수하는 것은 불가능하다.

"그렇군. 이번에는 오래 두고 볼 일이 없겠어."

원래 정치계에 들어가면 어떻게 될지 모르기에 적으로 두면 안 된다. 지금은 초선이지만 나중에는 재선이나 3선, 4선도 할 수 있는 일이니까.

"도리어 그들에게 이렇게 말할 수도 있지요."

"어떻게?"

"내가 김일성의 입을 막아 주겠다."

"김일성의 입을 막아 준다?"

"그렇습니다. 김일성이 그들과 접촉하고 기자들과 접촉할 수 있는 방법이 뭘까요?"

"그렇군."

기자 아니면 같은 방을 쓰는 죄수들이다.

그런데 기자들이 김일성에게 붙어서 정치인을 깔까?

그럴 가능성은 낮다.

그들은 누구보다 정치에 관심이 많고 귀신같이 권력자를 알아본다. 그리고 그들 스스로가 권력을 추구하는 자들이다.

"절대 김일성을 위해 공개하지 않을 겁니다. 아, 아니, 하기는 할 겁니다. 정권이 바뀌면 다른 정권에 잘 보여야 하니까요."

즉, 김일성이 감추려고 해도 그들의 몰락은 확정적일 가능성이 높다는 거다.

"그렇다면 남은 방법은 하나뿐이지요."

회장님이라고 하며 김일성을 하늘같이 모시는 같은 방의 죄수들. 그들을 이용해서 외부에 공개하는 것.

"그런데 말입니다, 사실 감옥에서는 돈이 아무리 많아도 한계가 있습니다."

10억이 있어도, 100억이 있어도 감옥에서는 그 돈을 못 쓴다.

현실적으로 감옥에서 돈을 쓰는 것은 내부에서 필요한 물품을 살 때다.

지금의 감옥은 사식이 금지되어 있기 때문에 모든 용품을 매점에서 사야 한다.

그리고 죄수들에게는 살 수 있는 금액이 한정되어 있다.

수십억씩 있다고 해도 사용할 수 있는 돈은 200만 원까지다.

"물론 그것만 해도 훨씬 나은 삶을 살기는 하겠죠. 하지만 그들이 노리는 게 설마 김일성이 사 주는 간식이겠습니까?"

자신의 돈으로 간식을 사 먹고 다른 죄수에게 주면서 편하게 살 수 있다. 하지만 과연 그것만으로 김일성이 모든 죄수들을 포섭할 수 있을까?

보통 혼거실이라고 불리는 교도소의 일반적인 방은 방마다 다르지만 과밀 수용은 어쩔 수 없는 현실이다.

가령 원래 5인용 방이었던 곳에 일곱 명 정도 들어가 있는 게 현실이다. 교도소가 부족하니까.

"그러니 그를 작은 방으로 옮긴 후에 장기수 위주로 채우면 됩니다."

현재 김일성과 같은 방을 쓰는 자들이 노리는 건 감옥에서 나간 후에 김일성이 자신들을 봐주는 것이다.

김일성은 현실적인 거대 재벌이었다.

실제로 많은 돈을 감춰 놨으니까.

"멍청하군."

유민택은 혀를 끌끌 찼다.

과연 교도소에서 만난 누군가를 김일성이 믿을까?

감춰 놓은 돈이라는 건 김일성만 꺼낼 수 있는 돈이라는 소리다.

이미 최측근들은 감옥에 가거나 배신한 상황이다. 그런데 그들도 모르는 돈의 관리를, 과연 다른 사람도 아닌 죄수들에게 맡길까?

"그걸 죄수들에게 각인시켜 주는 겁니다."

나가 봐야 별거 없다는 것.

도리어 김일성에게 달라붙어서 뭔가를 얻으려고 하면 대룡의 집중적인 견제를 받게 된다는 것.

"으음……."

"그러면 상황은 돌변하지요."

혜택을 얻을 수 없는 김일성이다.

그러나 반대로 김일성을 괴롭힌다면 대룡에서 약간이나마

혜택을 입을 수 있을지도 모른다는 기대가 생긴다.

"뭐, 약간의 돈을 주는 것도 나쁘지 않지요."

그러면 죄수들은 기꺼이 김일성을 족치기 위해 노력할 것이다. 지금까지는 그를 모셨겠지만, 조금만 힘쓰면 반대로 김일성이 모시고 살게 되는 것이다.

"그건 어렵지 않네. 하지만 그 정치인들이 문제야. 물론 물갈이되겠지만 그 전까지는 산 권력 아닌가? 아무리 그래도 최소 6개월은 버틸 놈들인데. 그 시간이면 엿을 먹이는 데 충분해."

노형진은 고개를 흔들었다.

"그놈들도 바보는 아닙니다. 정치하는 사람들이 바보일 수는 없지요. 아마 보복은 못 할 겁니다."

자신을 직접 공격하는 것도 아니고 김일성을 공격할 뿐이다. 그러니 직접 보복할 수는 없다.

"최소 6개월이지요. 하지만 그 후에는 최소 60개월은 대룡의 보복에 당해야겠지요. 잊지 마십시오. 대룡은 이 바닥의 미친놈입니다."

건드리지 않으면 참 사람 좋은 게 대룡이지만, 건드리면 미쳐서 눈이 돌아가 덤비는 게 또 대룡이다.

"6개월 후에 인생 좆 되고 싶지 않으면 절대 안 합니다. 그래도 불안하다고 하면 다른 방법도 있지요."

"다른 방법?"

"반대로 생각하게 하는 거죠."

지금 그들이 두려워하는 건 김일성이 입을 나불거리는 것이다. 그걸 놔뒀다가 자신의 인생이 망가지는 것을, 그들은 두려워한다.

"아까 말씀드리다가 말았는데, 지금 김일성이 언론에 터트릴 방법은 하나뿐입니다. 바로 죄수를 통하는 거죠."

그런데 죄수가 적대적이라면 어떨까?

과연 그들이 말을 해 줄까?

"그리고 적당히 벗어나는 방법도 있지요."

"적당히 벗어나는 방법?"

"네. 회장님은 뒤로 빠지고 교도관들을 그들에게 소개해 주는 겁니다."

"아니, 왜?"

"죄수를 처벌하는 방법이 독방만 있는 게 아니거든요."

죄수를 처벌하는 방법은 여러 가지다.

단순히 법에 따라 형벌을 내리는 걸 의미하는 게 아니다. 교도소의 판단에 따라 불이익을 주는 거다.

가령 편지를 못 쓰게 하거나 매점을 사용하지 못하게 하거나 면회객을 만나지 못하게 하거나 하는 것.

심지어 신문도 보지 못하게 할 수 있다.

"방법은 많지요."

적대적인 죄수가 김일성과 문제를 일으키면 그 책임을 물어서 교도소 내부에서 그에게 처벌을 내릴 수 있다.

당연히 김일성은 불편하기 그지없을 것이다.

"사실 이게 다른 죄수들, 특히 수십 년을 사는 죄수들에게는 소용이 없는 경우가 대부분입니다."

면회객은 어차피 원래부터 없었다고 봐도 무방하고, 돈이 없어 어차피 가지 못할 매점 사용 따위 금지해 봐야 아무 의미 없다. 편지를 주고받는 것도 바깥에 왕래하는 이 자체가 없으니 소용없는 처벌이고.

"하지만 부자인 김일성이 그런 피해를 입기 시작하면 아마 겁나게 불편할 겁니다."

그리고 조금씩 길들여지게 될 것이다.

"그 건에 대해 소송할 수도 있지 않나?"

"물론 행정소송이 가능합니다. 하지만 죄수들이 그런 소송을 거는 건 대부분 기각됩니다."

노형진은 그러면서 싱긋 웃었다.

"그리고 회장님에게 접촉한 그 사람들이 행정소송을 하는 법원을 컨트롤하지 못할 것 같지는 않네요."

"음…… 아, 그렇군. 그러면 되겠어."

만일 문제가 터져도 유민택은 아무런 관련이 없는 거다.

그가 한 것은 그들과 교도관들을 만나게 해 준 것뿐이고, 딱히 범죄가 성립되는 짓은 아니다.

"아마 몇 달 안에 김일성은 쥐 죽은 듯 지내게 될 겁니다."

인간은 적응의 동물이다.

그건 김일성도 마찬가지.

과거의 그림자에 숨어서 잠깐은 편하게 살 수 있었을지 모르지만 그림자는 오래가지 않는 법이다.

"좋아, 좋아."

유민택은 웃음을 지으며 말했다.

언제나처럼 노형진은 완벽한 해결책을 제시했으니까.

"그런데 말일세."

"네."

"홍안수는 어떻게 될 것 같나?"

"버틸 겁니다."

"역시…… 그런가?"

"아니, 단순히 버티는 정도를 넘어갈 겁니다. 계엄령을 선포하고 친위 쿠데타를 준비할 가능성이 높습니다."

유민택은 살짝 얼어붙었다.

"친위 쿠데타?"

"네. 살 방법이 없으니까요."

노형진은 그렇게 말하면서 목소리를 낮췄다.

"아마 큰돈을 준비해 놓으셔야 할 겁니다."

"돈?"

"네. 혼란은 누군가에게는 기회니까요."

그리고 노형진은 그 기회를 잡을 준비가 되어 있었다.

국가비상사태

"홍안수는 물러가라!"

"홍안수는 사퇴하라!"

노형진이 가지고 온, 홍안수가 일본의 스파이라는 증거들. 그건 대한민국을 발칵 뒤집었다.

일본은 무조건 아니라고 우겼지만 홍안수가 일왕에게 충성을 맹세하는 장면이나 교육을 받는 장면, 그리고 일본의 국가인 기미가요를 부르며 울먹이는 장면 등은 그걸 부정할 수가 없게 했다.

더군다나 홍안수가 일본에 넘겼다는 수많은 국가 기밀 자료들. 그중에는 대한민국 장군들의 심리검사 서류도 있었다.

장군의 심리검사 자료는 아주 핵심적인 자료다.

미국은 아예 상대국의 심리를 분석하는 심리전단이 따로 있을 정도로 말이다.

그런데 그런 모든 자료가 일본에 넘어갔다.

"홍안수는 물러나라!"

바깥에서 들리는 소리에, 조용히 창밖을 내다보던 송정한은 창문을 닫고 자리로 돌아왔다.

그러자 마치 마법처럼 침묵이 흘렀다. 창밖에서 벌어지는 그 시위가 전혀 다른 나라의 이야기인 것처럼.

그러나 그 분위기 자체는 여기까지 이어지고 있었다.

"어떻게 생각하나?"

송정한은 노형진에게 물었다.

모든 것은 노형진이 가지고 온 자료에서부터 시작된 일이다.

그리고 홍안수는 이제 코너로 몰리고 있는 상황.

"탄핵으로 갈까?"

"그럴 수밖에 없을 겁니다. 자유신민당도 바보는 아니니까요."

"그렇겠지. 내가 만나 본 자유신민당의 사람들도 탄핵은 어쩔 수 없다는 분위기야."

자유신민당이 친일파 성향을 가지고 있는 것과 매국을 하는 것은 전혀 다른 문제다.

사실 정치를 하면서 친하게 지내는 국가라는 게 존재하지 않을 수는 없으며, 그게 일본인지 중국인지 미국인지의 차이

일 뿐 완벽하게 중립을 취하는 인간은 없다.

"하지만 매국은 다르지요."

친일, 친중, 친미는 어디까지나 이권이나 감정에 따라 친하게 지내는 거라면, 매국은 국가를 팔아먹는 행위다.

"홍안수는 매국 행위를 한 거니까요."

아무리 홍안수가 대통령이라고 해도 그건 국가 전복 행위다.

그리고 대통령의 국가 전복 행위는 처벌받도록 되어 있다.

"여기서 자유신민당이 그를 지켜 줄 방법은 없습니다. 그렇다면 남은 건 바로 잘라 내고 다음 선거를 대비하는 거겠지요. 아, 말을 잘못했네요. 아마도 다다음 선거를 대비하는 형태로 갈 겁니다."

설마 이 상황에서 자유신민당 소속이 다음 정권의 대통령이 되지는 못할 테니까.

"그러니 그건 나중 문제고, 중요한 건 홍안수라는 존재 자체입니다."

"그렇지. 그는 대통령이니까."

송정한은 고개를 끄덕거렸다.

"그걸 알기 때문에 오신 거 아닙니까?"

"그래…… 요즘 홍안수의 분위기가 심상치 않아."

"아마도 홍안수 입장에서는 모든 게 끝장난 상황이니까요. 홍안수는 어디에도 가지 못합니다."

홍안수는 대한민국의 대통령이다.

그런 상황에서 그가 스파이라는 게 드러났다.

결국 처벌을 피하기 위해서는 망명을 해야 한다.

문제는 그럴 만한 나라가 없다는 것이다.

"일본? 가는 순간 일본이 스파이로 보낸 건 확정이지요."

일본은 스파이를 보낸 국가다.

그러니 그를 받아 줄 수가 없다.

말로는 아니라고 부정하면서 받아 주면 결국 보냈다는 걸 인정하는 꼴이니까.

"미국? 미국도 곤란합니다."

사실 공개되지 않은 정보에 따르면 미국은 그가 스파이라는 걸 알고 있었다.

그럼에도 불구하고 그걸 은닉하고 계속 그를 지원해 줬다.

"아마 미국 정부는 우리가 그 자료도 가지고 있다는 걸 알 겁니다."

즉, 그가 미국으로 망명하게 된다면 그건 사실상 미국이 일본에 한국을 넘겨주려고 했다는 걸 의미한다.

"현재 미국의 주적은 중국과 러시아죠."

그런 경우 어떤 일이 벌어질까?

현실적으로 보면 한국이 미국과 손절하고 중국이나 러시아와 친해지게 될 가능성이 높다.

"중국과 러시아는 인구도 많고 한국과 가깝습니다. 다만 그들이 세계의 주력이 되지 못하는 이유는 기술력의 부족 때문입니다."

그런데 한국의 기술력은 세계 레벨이다.

물론 미국에 비할 바는 아니지만, 전쟁에서 사용되는 기술은 최신 기술의 집약이 아니라 믿을 수 있는 기술의 집약이다.

한국이 미쳐서 중국, 러시아와 전쟁 장비 기술을 공유하게 되면 미국은 곤혹스러울 수밖에 없다.

아니, 거기까지도 안 간다.

한국이 빠쳐서 주한 미군을 빼라고 하고 핵무장을 결정하면 전 세계에 핵전쟁이 코앞으로 닥치게 된다.

한국은 핵무장을 안 할 뿐이지 못하는 게 아니다.

더군다나 한국에는 수천 개의 발사체가 있다.

물론 미국처럼 대륙간탄도탄을 만들지는 못했지만 가장 위협적인 중국과 러시아 그리고 일본에는 도달할 수 있는 미사일이다.

그러니 만일 한국이 핵무장을 시작하면 그걸 핑계로 중국과 러시아도 핵을 늘릴 게 뻔하다.

당연히 한국은 자위를 위해서라는 명목으로 핵의 숫자를 늘릴 것이다.

상식적으로 중국은 무척이나 넓은 나라고, 한국은 좁은 나라다.

똑같이 핵을 일대일로 주고받으면 당연히 불리한 건 한국이다.

한국 입장에서는 그렇게 두고 볼 수는 없는 노릇이고, 핵 전쟁을 시작하면 둘 중 하나가 뒈질 때까지 싸우는 게 상식이니까.

한국에서 핵미사일을 만들기 시작하면 족히 수백 발은 만들 텐데, 실제로 한국은 여러 기의 원자력발전소가 있기 때문에 그곳에서 나오는 연료를 핵연료 재처리를 통해서 핵미사일의 재료로 쓸 수 있다.

일이 이쯤 되면 일본 역시 눈이 돌아가서 핵무장을 외칠 테고, 미국이 유지하려던 세계 구도는 와장창 박살 난다.

따라서 적성국의 수장이었던 스파이를 받아 준다는 건 불가능한 일이다.

"물론 중국이나 러시아는 받아 줄 겁니다. 문제는 그건 미국도 원하지 않는다는 거죠."

한국의 대통령이라고 하면 그가 아는 기밀은 한국의 기밀만이 아니다.

당연히 미국의 기밀도 알고 있기 마련이다.

"아마도 홍안수가 다른 나라로 망명을 시도한다면 미국은 암살도 불사할 겁니다."

예를 들어 중국으로 망명한 홍안수를 미국에서 죽여 그에 대해 중국의 항의를 받게 된다고 해도, 미국의 기밀이 새어 나가는 것보다는 훨씬 나으니까.

"한국에서는 당연히 내란죄로 처벌받을 테고요."

홍안수는 말 그대로 사면초가인 상황.

아마도 죽을 때까지 감옥에 있어야 할 것이다.

"결국 홍안수가 선택할 수 있는 건 계엄령뿐입니다."

"역시 그렇군. 하긴 당에서도 그렇게 생각하고 있으니까."

송정한이 노형진을 찾아온 이유가 바로 그것 때문이다.

홍안수의 미래의 선택 말이다.

현재 홍안수는 경찰을 동원해서 시위대를 포위하고 진압하고 있다.

웃긴 일인데, 경찰은 그걸 또 시키는 대로 하고 있다.

상식적으로 생각하면 홍안수가 일본 스파이인 게 드러난 이상 경찰에서는 그 명령을 따르지 않아야 한다.

그런데 경찰과 검찰은 여전히 합법적 대통령이라며 그 명령에 따라 포위하고 진압하고 있다.

'아직은 폭력적인 모습은 보여 주지 않고 있지만.'

그러나 그건 어디까지나 국민들이 촛불 시위를 하면서 공격을 자제하고 있기 때문이다.

만일 여기서 잘못 터지면 뭔 일이 날지 모르는 상황.

"뭐, 지금의 권력자들 입장에서는 난리가 난 셈이지요."

"불문율이 무너지는 거니까."

정권이 바뀌면 일하는 사람들도 바뀌는 게 당연하다.

물론 일반적인 행정직이나 고위 공무원은 바뀌지 않는다. 말 그대로 공무원이니까.

하지만 임명직은 다 바뀌는 게 당연하다.

"그런데 지금까지는 그들은 건드리지 않는 게 일종의 불문율이었지요."

물론 드러난 죄가 있다면 조사야 하겠지만, 드러나지 않은 경우에는 그냥 물러나는 선에서 끝내는 게 보통이었다.

사실 한국에서 장관쯤 되는 사람이 뇌물을 안 받으면 그게 더 이상하다고 할 정도니까.

그래서 아무리 정권이 바뀌고, 그래서 권력 정당이 바뀐다고 해도 그들은 물러나는 선에서 끝난다.

"하지만 이번에는 그런 경우가 아니구요."

홍안수는 스파이다.

그리고 그는 일본에 국가 기밀을 넘겼다.

그렇다면 그런 그가 선발한 임명직이 과연 멀쩡한 인간일까, 아니면 스파이일까? 그건 알 수가 없다.

그런데 현실적으로 홍안수가 스파이라면 다른 스파이에게 정치적 기회를 줘서 권력을 넘겨주려고 하는 건 당연한 일이다.

"그러니 임명직들에 대한 전면적인 조사는, 정권이 바뀌면 피할 수 없습니다."

정치적 수사도 아닌, 일본의 스파이에 관련된 내란 수사다.

당연히 악착같이 이루어질 테고, 결코 좋게 끝나지는 않을 것이다.

이것이 법이다

"살기 위해서라도 홍안수에게 붙어야 한다 이거군."

"예상하고 있던 일이지 않습니까?"

"그래, 예상은 했지. 하지만 이 정도일 줄은 몰랐어."

서울에 나타난 안수 산성.

컨테이너를 이용해서 벽을 쌓고 사람들을 포위하고 있다.

지난 정권 이후에 다시 볼 줄 몰랐던 물건이 또 나타난 것이다.

"그나마 다행인 건 전경이 사라졌다는 거군."

"네, 안 그랬으면…… 아마 벌써 피를 봤을 겁니다."

옛날에는 군에서 징집한 사람들 일부를 경찰로 돌려 전투경찰이라고 하는 집단을 만들었다.

주요 업무는 당연히 시위 진압.

문제는 그들이 강제로 차출되어서 끌려간다는 점이다.

총만 안 들었다 뿐이지 대국민 전투부대나 마찬가지였는데, 그 당시 근무자들의 증언에 따르면 전투경찰 내부에서는 시위자들을 국민이라기보다는 일종의 적으로 보는 시선이 더 강했다고 한다.

물론 그 당시 시위에서 극단적 성향을 드러내는 사람들이 없었던 것은 아니나, 그렇다고 해도 보호 대상인 시민을 적대적 공격 대상으로 본다는 건 문제가 많았다.

실제로 전경은 시위 진압을 위해 방패를 드는데, 그 당시에 쓰던 방패는 철이었다.

피해 방지를 위해 테두리 부분에 고무를 대도록 되어 있는데, 누가 한국 조직 아니랄까 봐 이게 떨어져도 그냥 방치하는 경우가 많았다고 한다.

문제는 그 당시 일부 극단적 전투경찰들이 그렇게 떨어진 부위를 아예 갈아서 날을 세운 이후에 그걸로 시위자의 얼굴을 찍어 버리거나 심한 경우 고의적으로 고무를 잘라 내고 갈아서 날을 세우기도 했다는 것이다.

실제로 그 당시 시위 영상을 보면 방어만을 위한 방패가 아니라 방패를 들어서 아래 부위로 찍어 버리는 장면이 종종 나오곤 했다.

그런데 문제는 이것으로 그치지 않았다. 이게 일종의 수법이었기 때문이다.

시위자 측에서는 평화 시위를 하려고 해도 전경이나 반대파에서 프락치를 통해 폭력 시위로 변질시키려는 시도로, 상대방이 저항하거나 폭력을 행사하면 방송에서는 폭력 시위라는 프레임을 씌우는 고전적 방법이었다는 거다.

그러한 프레임을 만들기 위해서 시위대 내부에 민간인으로 위장한 경찰을 집어넣는 것은 아주 전형적인 방법이었다.

그들이 먼저 경찰을 공격하게 하고, 거기에 경찰이 대응하면 시위대가 반격하는 형태.

이것이 경찰이 시위를 불법화하고 폭력화하는 전형적인 수법이었다.

그리고 시위가 폭력적으로 변할수록 전투경찰은 더더욱 피곤해지고 예민해지며, 그럴수록 시위에 더더욱 공격적으로 대하게 된다.

엄밀하게 말하면 전투경찰 역시 군인이 아니라 민간인이며, 현대 법의 분류에 따르면 강제징용에 해당된다.

즉, 정부에서는 국민이 국민을 때려잡는 구도를 만들기를 원했던 것이다.

실제로 그러한 방법이 수십 년간 유지되어 왔고 말이다.

그 결과 전투경찰은 결국 폐지되고 현재는 의무경찰로 바뀌었다.

이름만 바뀐 게 아니라, 의무경찰은 시험을 봐서 들어가게 되었다.

방패도 강화플라스틱으로 변경되었고 말이다.

당연히 숫자도 줄었고, 그 때문에 방어적으로 할 수밖에 없다.

그래서 지금 홍안수 측이 컨테이너를 다시 꺼내 든 것이다.

길을 막아야 하니까.

"현재 의무경찰은 사실 치안 확보에 동원되는 인력이 더 많으니까요."

그러니 시위를 강제로 막는 데에도 한계가 있다.

"그러니 이 상황에서 믿을 만한 건 군뿐입니다."

"군이라……."

노형진도 송정한도 걱정하는 부분이 바로 그거다.

계엄이 결정되고 군이 동원되면 상황은 그때부터 돌이킬 수 없게 된다.

"하지만 계엄은 국회에서 요구하면 풀어 줘야 하는데……."

"뭐, 그거야 어렵지 않습니다. 헌법을 정지시키고 국회의원들을 때려잡을 테니까요."

"설마……."

"설마라고 생각하십니까? 이 상황에서 계엄령의 선포 목적은 단순히 치안의 유지가 아닙니다."

지금 한국의 치안은 평범한 수준이다.

시위대가 폭력을 행사하는 것도 아니고, 그렇다고 무기를 밀수하는 것도 아니다.

도리어 문제는 경찰에 있었다.

폭력 시위를 조장하면서 선동하던 사람의 얼굴이 인터넷에 떴는데 알고 보니 경찰이었기 때문이다.

그는 시위대 측에서 준비한 무대에 올라가 폭력 시위를 주장하며 공격하자고 했다가 시민들에게 강제로 끌어내려졌다.

그런데 이후 그의 사진이 인터넷에 돌더니 그 지인에 의해 그가 경찰이라는 사실이 밝혀진 것.

즉, 경찰은 어떻게 해서든 시위를 폭력적으로 변질시키고 그걸 핑계로 군을 투입할 방법을 찾고 있는 것이다.

"말로야 치안 유지지만 사실상 친위 쿠데타 형태가 될 겁니다."

일단 계엄을 선포하고 나서 군을 투입하면 그 이후에 어떻게 될까?

홍안수가 일본 스파이라는 사실이 사라질까?

아니다. 당연히 국회에서는 계엄의 해제를 요구하게 된다.

그렇게 되면 국민들은 더더욱 자신을 가지고 시위에 임하게 될 것이다.

국회가 자신들의 편이니까.

"결국 홍안수의 상황은 더 나빠질 겁니다."

법대로라면 말이다.

그걸 해결할 수 있는 방법은 단 하나.

"계엄을 선포하고 헌법을 정지시키는 거죠."

헌법을 정지시키는 게 불가능하다고 생각할지 모르지만 실제로 그런 일이 있었다.

그리고 군을 동원한다.

"하지만 그랬다가는 다른 군이……."

"다른 군이 뭘 어떻게 할까요, 상황이 애매해지는데? 만일 다른 군이 동원되면 한국은 어떻게 될 것 같습니까?"

"크음……."

일단 홍안수는 국군통수권자다.

그의 명령에 따라 그 파벌의 장군들은 계엄령에 응할 것이다.

그걸 막기 위해서는 다른 군이 움직여야 한다.

"그러면 내전이 됩니다."

"……."

"한국에서 쿠데타는 두 번이나 있었습니다. 그러나 내전은 일어나지 않았지요. 그때 모든 장군들이 그 쿠데타 세력에 동조했을까요?"

그랬을 리가 없다. 반대하는 사람들도 있었다.

사실 기록을 보면 쿠데타 세력은 그 당시 군대의 모든 부대 숫자에 비하면 말 그대로 한 줌밖에 안 된다.

만일 제압을 위해 전방의 기갑부대라도 동원되었다면 쿠데타 세력은 제대로 힘도 못 쓰고 쓸려 갔을 것이다.

"동조한 게 아니라 방법이 없었던 겁니다."

내전이 벌어지면 그 틈을 타서 북한군이 내려올 가능성도 분명 존재한다.

그래서 쿠데타 세력은 부패할 수밖에 없었던 것이다.

그 당시 장군들과 군에 막대한 이권을 줘야 했으니까.

그들을 진정시키는 것이야말로 승리의 비결이니까.

"하물며 친위 쿠데타는 더하겠지요."

어찌 되었건 홍안수는 합법적인 국군통수권자다.

그리고 그가 고른 장군들이 득시글거린다.

"경찰과 검찰도 저 지경인데 군이라고 다르겠습니까?"

"끄응……."

"도리어 군은 더 문제가 될 겁니다."

군의 비리는 대한민국의 모든 사람들이 다 아는 일이다.

그런데 그 장군들이 비리를 저질렀다면?

"이게 애매해집니다."

기존의 단순한 비리인지, 아니면 홍안수의 명령을 받은 사보타주인지 알 수가 없다.

그리고 분위기를 보면 아마 사보타주 쪽으로 넘어갈 가능성이 크다.

실제로 북한 내부의 스파이가 군 내부에서 발견된 적이 있었는데, 그 당시에 군이 발칵 뒤집어졌으니까.

"단순 비리와 사보타주는 전혀 다른 문제죠."

단순 비리는 받은 돈 가지고 길어 봐야 한 2년쯤 살면 끝이고 그나마 생계형 비리라고 주장하면서 집행유예를 받을 수도 있겠지만, 사보타주는 당연히 국가 전복 행위에 들어간다.

"그 부분은 생각을 못 했네."

송정한의 얼굴이 딱딱하게 굳었다.

설마 군이 그렇게까지 할까 싶었지만 생각해 보니 충분히 가능했다.

"문제는 장군이 홍안수가 고른 자들만 있는 게 아니라는 겁니다."

임명직과 다르게 전임대에 고른 장군도 있다.

최소한 전임대는 친일파였지만 매국노는 아니었다.

"그러면 그 장군들이 어떻게 할까요?"

"막으려고 하겠군."

현실적으로 계엄령이 발효되는 순간 한국은 내전으로 치달을 수밖에 없다.

"일본 입장에서는 최고의 결과가 나오는 거죠."

한국이 내전 상태가 되면 중국과 러시아 견제에 문제가 생기니, 미국은 일본에 더더욱 힘을 실어 줄 수밖에 없게 된다.

"수십만의 병사들과 사람들이 죽는 건 둘째 치고요."

노형진은 담담하게 말했지만 송정한 입장에서는 답답해 미칠 지경이었다.

"그러면 어찌해야 한다고 생각하나?"

"계엄령은 필연적입니다. 현 상황에서 가장 먼저 해야 하는 건 군의 통제입니다. 아실 테지만 대한민국은 군의 통제가 민간에 넘어간 나라가 아닙니다."

공식적으로 문민 통제라고 하지만 한국의 국방부 장관은 언제나 군인이었다.

"흠…… 그러면 우리가 가장 먼저 해야 할 것은 군의 순회 방문이 되겠군."

실제로 원래 역사에서는 군의 이상 징후를 포착한 정치인들이 군부대를 방문하면서 지켜보고 있다는 걸 느끼게 해 줘서 막 계엄령을 준비하던 일부 군이 행위를 멈춘 것도 사실이다.

'하지만 그 당시와 지금은 좀 많이 다르지.'

그때는 계엄을 선포할지 안 할지도 불확실한 상황이었고, 결정적으로 대통령의 탄핵 재판이 헌법재판소에서 결정되기 바로 직전이었다.

무리하게 헌법을 정지시키고 헌재를 막고 계엄령을 선포할 수 있는 시기가 아니었던 것이다.

'하지만 지금은 아니지.'

국회에서 탄핵 이야기가 나오고 있을 뿐 아직 헌법재판소까지 간 상황도 아니다.

즉, 국회만 막으면 된다는 거다.

결정적으로 현 대통령인 홍안수는 원래 역사의 대통령보다 똑똑한 인간이다.

늦어지면 늦어질수록 자기가 불리한 걸 모르지는 않을 거다.

"군에 간다고 해서 과연 뭐가 바뀔까요?"

"응?"

"국회의원은 통수권자가 아닙니다. 경고해 줄 수는 있지만 애초에 군이 지키지 않으려고 작정했다면 도리어 위험해질 수도 있습니다. 만일 군에 간 상황에서 계엄령이 선포되고 국회의원 체포령이 떨어지면 어쩌실 겁니까?"

"……."

실제 계획에서도 계엄령의 선포와 더불어 국회의원 체포

작전이 예정되어 있었다.

계엄령을 풀 수 있도록 요구할 수 있는 것은 다름 아닌 국회의원이다.

"그러면 답은 간단하죠. 국회의원만 죽이면 됩니다."

"후우."

노형진의 말에 송정한은 심각한 얼굴이 되었다.

그렇게 된다면 진짜 나라는 내전으로 들어가게 될 것이다.

띠링.

그 순간 울리는 핸드폰.

송정한은 시기가 시기인 만큼 다급하게 문자를 확인했다.

핸드폰을 들여다보는 송정한의 눈썹이 파르르 떨렸다.

"47사단에 완전무장 명령이 떨어졌다고 하는군."

"47사단요?"

"그래. 파주에 있는 부대야. 기계화사단이네."

"그걸 어떻게?"

"의원의 손자 중 한 명이 거기서 군 복무 중이라는군."

상황이 상황인 만큼 군 내부도 살벌하기는 마찬가지다.

하지만 아직 무슨 일이 터진 것도 아니고 군인이 국민들에게 뭘 할 수 있는 게 아니라서, 군의 장교들만 비상근무를 할 뿐 병사들은 평소처럼 근무하고 있었다고 한다.

그런데 갑자기 완전군장 상태로 대기하라는 명령이 떨어진 것.

이것이 법이다

"내 기억이 맞으면 47사단장은 홍안수가 직접 선발한 장군이야."

"계엄령이 얼마 안 남았군요."

한 곳이 그 지경이면 다른 곳 역시 마찬가지일 가능성이 높다.

"빠르게 움직이죠. 일단 의원들을 대피시켜야 합니다."

"어디로?"

"해외로 대피시키죠. 가장 가까운 일본이 적당할 것 같습니다."

"뭐?"

노형진의 말에 송정한은 당황했다.

일본은 홍안수를 스파이로 보낸 나라다. 그런데 거기로 보내자니?

"비행기를 이용하면 분명 걸릴 테니 아스가르드를 이용해서 일본으로 가지요. 다행히 지금 아스가르드가 한국에 있습니다. 비상용으로 제가 대기시켜 놨습니다."

"아니, 잠깐! 일본이라니? 일본? 자네 농담하나? 일본은 이번 일을 일으킨 주범이야!"

"공식적으로는 아닙니다. 그렇기 때문에 일본은 절대 의원님들께 손대지 못합니다."

현재 일본은 홍안수가 자기 나라의 스파이가 아니라고 우기고 있다.

그런데 국회의원들을 잡아서 한국에 보낸다?

이건 대놓고 일본이 한국을 침략하겠다는 의미가 된다.

"더군다나 일본은 여전히 미국의 아래에 있습니다. 아까도 말씀드렸다시피 일본에는 한국의 내전이 최고의 기회지만 미국에는 최악의 일이 됩니다. 미국은 어떻게 해서든 내전을 막아야 합니다."

그러기 위해 가장 좋은 방법은 당연히 국회의원을 통해 계엄령을 해제하는 것이다.

"국회의원들을 모아서 바로 일본에 있는 미국 대사관으로 대피시키면, 일본이 아무리 미쳤다고 해도 절대 손 못 댑니다."

"아!"

주일 미국 대사관은 미국 땅이다. 아니, 그 이상이다.

만일 일본이 미쳐서 한국 국회의원들을 모조리 잡아 홍안수에게 넘기려 한다 해도, 미국 대사관을 공격하는 건 미국에 대고 전쟁하자고 덤비는 꼴밖에 안 된다.

"최악의 경우 국회의원들은 바로 거기서 미국으로 망명하는 수도 있습니다. 그리고 동시에 미국에 선택을 강요할 수 있지요."

한국에 왜 쿠데타가 두 번이나 일어났으며 또 그게 다 성공할 수 있었을까?

그건 미국의 묵인이 있었기 때문이다.

쿠데타 당시, 미국에 그 쿠데타에 대한 사후 허락을 받는 조건으로 핵을 포기한 것은 널리 알려진 사실이다.

"만일 쿠데타 세력에서 그들을 요구하면 미국은 둘 중 하나를 해야 하지요."

돌려보내든가 보호하든가.

전자라면 쿠데타 세력을 용인한다는 건데, 그러면 남은 반군 세력이 되는 국민들은 러시아나 일본으로 돌아설 가능성이 높아진다.

반대로 보호한다면 쿠데타 세력은 미국에서 버림받은 꼴이 된다.

"그런 경우 국회의원들은 대한민국의 상호방위조약의 발동을 요구할 수 있게 됩니다."

쿠데타 세력 입장에서는 미국이 버렸으니 다른 세력을 선택해야 하는데, 일본은 안 된다.

이미 일본 스파이인 게 드러났으니까.

"치밀하군."

"물론 그건 어디까지나 탈출이 가능할 때의 이야기입니다."

"흠……."

"바로 연락하세요. 물론 대피가 가능한 사람은 국회의원뿐입니다. 가족을 데리고 오는 경우 그 사람은 탑승시키지 않을 겁니다."

"뭐? 어째서?"

"그건 도피니까요."

국회의원이 친위 쿠데타 세력으로부터 벗어나는 건 대피라고 할 수 있다.

하지만 가족까지 데리고 아예 다른 나라로 가 버리려고 한다? 그건 도피다.

국민이 중요한 게 아니라 자기 가족이 중요하다는 거니까.

더군다나 아스가르드에 탈 수 있는 숫자는 한정되어 있다.

그런데 그 와중에 국회의원이 죄다 가족을 데리고 오면 누군가는 타고 누군가는 타지 못하게 된다.

"아마 이번에 그 본성이 나올 겁니다."

"설마……."

"네, 맞습니다. 만일 그런 놈이 있다면 제 모든 능력을 동원해서 사회적으로 몰락시킬 겁니다."

노형진의 말에 송정한은 부르르 떨었다.

"상황은 어떤가?"

"준비는 다 되었습니다, 각하."

"군은?"

"주요 군은 모두 준비되었습니다. 위험한 부대의 경우는 비밀리에 접촉해서 계엄과 동시에 체포하도록 명령을 내려 놨습니다."

국정원장은 보고를 하면서도 씁쓸한 기분이었다.

'젠장, 제대로 똥 밟았군.'

설마 홍안수가 스파이일 줄은 몰랐기에 그동안 충성을 다 바쳤다.

적당히 충성을 바치면 이권을 챙길 수 있다고 생각했기 때문이다.

하지만 현실은 그렇지 않았다.

홍안수는 스파이였고, 이제까지 그가 얻은 모든 자료는 일본으로 넘어가 있다.

이 상황에서 재판을 받으면 자신은 빼도 박도 못하고 국가 전복으로 잡혀가게 생겼다.

"이 빨갱이 새끼들을 다 죽여야 합니다! 이 새끼들은 국민도 아니에요! 각하! 당장 군을 동원해서 저 빨갱이 새끼들을 진압해야 합니다!"

총리는 눈이 돌아가서 지랄하고 있었다.

그리고 그걸 보면서 국정원장은 한숨을 내쉬었다.

'저 새끼도 일본 스파이겠지.'

만일 정상적인 정치인이라면 이 상황에 홍안수에게 물러나라고 이야기해야 한다.

하지만 총리는 지금 광화문에 모인 수백만을 탱크로 밀어 버려야 한다고 거품을 물고 있다.

걸리는 게 있다는 소리다.

물론 일부 물러나라고 한 사람들이 있었다.

하지만 그들은 이미 이 자리에는 없다.

아예 나오는 걸 거부하거나, 심지어 일부는 지금 광화문에서 물러가라고 소리를 지르고 있다.

특히 비서실장의 배신은 심각했다.

물론 비서실장 입장에서는 이들이 배신자겠지만.

"후우."

홍안수는 보고를 들으면서 한숨을 쉬었다.

'어쩌다가……'

무난하게 대통령 자리에서 물러나게 될 거라 생각했다.

일본의 정보가 새어 나갈 곳은 전혀 없으니까.

그런데 난데없이 튀어나온 자료에 그는 말 그대로 코너에 몰렸다.

도와줄 곳이 없었다.

다급하게 도움을 청해 봤지만 미국의 반응은 단호했다.

―국가의 안전을 위해 물러나는 걸 추천드립니다.

'국가의 안전? 좆 까라 그래.'

국가의 안전을 위했다면 스파이 짓도 하지 않았을 테고 또 대통령도 되지 않았을 것이다.

그는 언제나 자신의 이권이 우선이었다.

일본의 스파이 짓을 한 것도 그런 이유다.

일본이 좋아서가 아니라, 자신의 이권을 챙겨야 했으니까.

그러다가 이렇게 되어 버렸다.

방법은 없었다.

"오늘 밤 12시부로 계엄령을 선포합니다."

홍안수의 말에 좌중에 침묵이 흘렀다.

역사의 바퀴가 굴러가기 시작했다.

⚖

소식은 빠르게 퍼져 나갔다.

하지만 아무리 홍안수라고 해도 계엄 선포와 동시에 국회의원들을 잡으러 갈 수는 없었다.

엄밀하게 말하면 계엄령의 선포는 국가수반의 권리 중 하나지만, 친위 쿠데타는 결국 민주주의국가를 뒤집고 독재국가를 만들겠다는 걸 의미하기 때문이다.

그 때문에 계엄을 선포했을지언정 국회의원의 체포는 극비리에 이루어져야 했다.

당연히 국정원 요원들은 다급하게 국회의원들이 있는 곳으로 향했다.

"뭐? 없어?"

"네, 집이 비었습니다. 아무도 없습니다."

"송정한 이놈은 어디에 있는 거야?"

"모르겠습니다. 전화기도 꺼져 있고. 들어오는 보고에 따르면 상당수 국회의원들이 사라졌다고 합니다."

"뭐? 상당수?"

팀장은 등골이 오싹했다.

기습적으로 움직인 상황이다.

사실 계엄 선포 결정은 났지만 아직 발표는 안 됐다.

정확하게 밤 12시에 발표가 날 예정이다.

현재 시각 밤 10시 22분. 즉, 아직은 계엄 상황이 아니다.

그런데 없다?

"설마! 뛴 거야?"

"그런 것 같습니다."

"망할!"

계엄의 상황은 예상과 다르게 돌아가고 있었다.

⚖

"안 됩니다."

물론 노형진 쪽도 멀쩡한 건 아니었다.

불길한 예상이 맞아떨어졌기 때문이다.

국회의원이 노형진을 향해 악을 썼다.

"우리 가족이라고! 나더러 우리 가족을 버리고 가라는 거야, 그럼?"

"모두 여기에 가족이 있습니다."

"시끄럽고, 태워! 내가 누군지 알아?"

"알죠. 그런데 여기 국회의원이 당신만 있는 것 같습니까?"

여기에 있는 사람들은 일부 승무원을 제외하고는 다 국회의원이다.

다들 걱정스럽게 생각하고 있으며, 가족들을 다른 곳으로 대피시킨 상태에서 이곳으로 온 것이다.

그때 상황을 지켜보던 한 국회의원이 나섰다.

"그만하지."

"뭘 그만해! 어?"

"애초에 홍안수를 밀어주던 거, 당신 당 아니었어?"

그 말에 단번에 분위기가 흉흉해지기 시작했다.

여기에는 민주수호당만 있는 게 아니었다.

실질적 국가 전복 사태의 발생에, 모두 함께 사태를 막기 위해 모인 사람들이었다.

"자, 자! 그만들 하시고."

노형진이 그들 사이에 끼어들었다.

이제 이들은 한배를 타고 홍안수를 몰아내기 위해 싸워야 한다. 당연하게도 여기서 싸울 필요가 없다.

"뭐, 방법이 없네요."

노형진은 억지를 부리는 국회의원을 향해 어깨를 으쓱해

보였다.

"당연히 그래야지."

그러자 그 국회의원은 거들먹거리며 가족과 함께 타려고 했다.

그런데 노형진이 그를 막는 것이 아닌가.

"끌어내."

"네."

"뭐?"

국회의원은 눈이 휘둥그레졌다. 설마 끌어내라고 할 줄은 몰랐기 때문이다.

"끌어내. 안 태울 거야."

"알겠습니다."

경호 팀은 그를 질질 끌어내기 시작했다.

그러자 그는 마구 몸부림치며 경호 팀을 밀쳤다.

"내가 누군지 알아! 너, 당에서 가만둘 것 같아!"

"결국 믿는 구석이 그거였군요."

노형진은 피식 웃었다.

그런데 웃긴 건, 여기에 그가 속한 자유신민당의 의원들 역시 다수 있다는 것이다.

그들은 자당 의원의 추태에 고개를 절레절레 흔들었다.

"당에서 저한테 보복할 거라는데. 그러면 어떻게 할까요? 누구, 이분 가족에게 자리를 양보하고 내리실 의원분 계십니까?"

노형진은 크게 외쳤다.

물론 그런 사람은 없었다.

도리어 상황은 그 의원에게 나쁘게 돌아갔다.

"뭐, 여기서 바로 출당하지요."

"뭐?"

"어차피 필요한 사람들 다 여기에 있지 않습니까? 간단하게 결정합시다. 출당에 동의하는 분들은 손들어 보세요."

그 말에 대다수의 자유신민당 의원들이 손을 들었다.

"어어? 이거 뭐 하는 거야! 이거 불법이야!"

"아, 불법 아니니까 꺼지시고요."

노형진은 손을 흔들었고, 그 의원은 이건 탄압이라고 고래고래 소리를 지르면서 끌려 나갔다.

"다들 조금만 힘내십시오. 국가가 정상으로 돌아가기 위해서는 어쩔 수 없습니다."

여당과 야당이 서로 힘을 합하는 초유의 사태.

국회의원들은 참담한 표정으로 비행기에 올라탔다.

하지만 모든 의원들이 그런 것은 아니었다.

"다 온 겁니까?"

"자유신민당에서 열두 명, 민주수호당에서 다섯 명이 안 왔네."

송정한의 우울한 얼굴.

"연락이 안 된 건가요, 아니면 체포당한 건가요?"

"둘 다 아닌 것 같아. 그랬다면 내가 이렇게 우울하지도 않겠지."

송정한은 긴 한숨으로 자신의 감정을 표현했다.

그럴 만도 했다.

"그들은 홍안수에게 붙은 것 같아. 자유신민당 쪽의 의원 중 열 명은 연락이 되었는데 안 온 거고, 연락이 안 된 건 두 사람뿐이네. 우리 민주수호당 쪽은 연락을 줬는데 반응이 없네. 그러면 답은 뻔하지."

"그러면 최소한 열다섯 명은 계엄에 동의해서 국가 전복을 찬성한다는 거군요."

"그래, 아직 국회의원이 체포되었다는 소리는 없으니까. 특히 우리 당은, 이런 상황을 대비해서 비상 연락망을 운영하고 있었는데 응답이 없다면……."

안 봐도 뻔하다.

홍안수 같은 놈이 한 놈만 있으라는 법은 없다. 아마도 그들이 그런 사람들일 것이다.

"어이가 없군."

즉, 홍안수 말고도 연락이 안 되는 두 사람을 빼면 최소한 국회의원 열다섯 명이 일본의 스파이이거나 비슷한 생각을 가지고 있다는 걸 의미한다.

"알겠습니다. 그들의 처리는 한국으로 돌아온 후에 시작하지요."

"그런데 말일세, 자네 말대로 홍안수가 헌법을 정지한다면 우리가 해제 요청을 한다고 해서 과연 풀어 주겠나?"

"그럴 리가요."

노형진은 어깨를 으쓱했다.

"장담하는데 홍안수는 국회의원이 아니라 자기 할아버지가 와서 요구해도 안 풀 겁니다."

"그러면?"

"말 그대로 홍안수는 국가 전복 세력이지요. 그리고 그는 국가의 수장으로서의 권위를 잃었습니다. 그러니 국회의원들이 전 세계를 돌면서 대신 활동할 수 있게 됩니다."

"자네가 말한 그 상호방위조약 말인가?"

"그렇습니다."

"애매하군. 솔직히 힘들 텐데."

일본의 스파이라고 하지만 결과적으로 한국 내부의 문제다.

그를 지지하는 병력은 당연히 한국의 군인이다.

"압니다."

현실적으로 말하면 미국과 한국의 상호방위조약은 상당히 대충 만들어진 조약이다.

양이 많은 것도 아니고 그 이후에 개정한 것도 아니다.

일단 외부에 대한 공격에 대해서만 방위조약이 인정된다.

그리고 사람들이 아는 것과 다르게 그 어디에도 자동 참전이라는 말은 없다.

이게 무슨 소리냐면, 실제로 북한군이 한국을 공격한다고 해도 미국이 자동으로 참전하는 게 아니라는 거다.

물론 주한 미군이 한국에 존재하는 이상 결국 자동 참전이라는 것 자체는 마찬가지이지만, 그렇다고 해도 조약 내에 내용이 없는 것은 사실이다.

"그러니 미국도 자동 참전은 못 할 겁니다."

더군다나 이건 엄밀하게 말하면 내전은 아니다.

계엄령일 뿐이고, 어찌 되었건 홍안수는 미국에서 인정한 정당한 대통령이다.

"하지만 여러분들이 할 수 있는 건 많이 있지요."

그리고 그에 따라 홍안수는 코너로 몰릴 것이다.

"그나저나…… 자네는 어쩔 건가?"

"떠나야지요, 죽기 싫으면."

없는 죄를 만들어서라도 집어넣으려고 하는 게 독재국가의 특징이다.

하물며 노형진은 실제로 홍안수가 코너에 몰리게 된 원인이기도 하다. 그가 홍안수의 비밀을 공개했으니까.

"그렇다고 해서 한국에서의 제 힘이 빠지는 것은 아니지요. 싸움은 지금부터입니다."

노형진은 이 싸움에서 절대 질 생각이 없었다.

각오의 차이

　─현 시간부로 대한민국은 계엄 상황에 들어갑니다. 헌법은 지금 이 순간부터 정지되며 치안은 군이 담당합니다. 국가 반란 세력에 대한 체포와 구금은 군사법원에서 담당하며…….

　일본의 대사관. 그곳에 모여 있던 국회의원들은 얼굴을 부여잡았다.
　"역시나."
　"미친놈."
　눈을 질끈 감는 사람들.
　군을 동원한 계엄령, 그리고 헌법 정지.
　"사실상 독재국가로 넘어가겠다는 거군요."

"자네 예상이 맞았군. 경비계엄 정도에서 끝내기를 원했는데."

송정한은 긴 한숨을 내쉬었다.

"저도 그러기를 원했는데요."

사실 계엄령은 두 가지 종류가 있다.

하나는 경비계엄, 다른 하나는 비상계엄.

경비계엄은 말 그대로 치안의 확보가 목적이다.

쉽게 표현하면 경찰이 기존의 무력으로 도무지 치안 확보가 되지 않는다고 판단할 때 경찰에게 그 이상의 무력, 즉 총기를 지급하는 것이다.

당연하게도 기존 질서의 혼란을 막기 위한 것이니 웬만한 상황은 경비계엄으로 다 해결된다.

애초에 한국에 경찰이 몇 명인데, 그들 전부에게 소총을 줬는데도 치안이 유지되지 않는다는 것 자체가 한국이 전쟁 상태라는 걸 의미한다.

그런데 만약 그리해도 치안이 유지되지 않는다면 어떻게 해야 할까?

바로 이럴 때 선포되는 게 비상계엄이다.

군에서 자체적으로 무장하고 국민을 통제하는 것이다.

이때는 경비계엄과 달리 국민들에 대한 재판을 군사법원에서 다룰 수 있다.

사람들이 생각하는 일반적인 계엄령이 바로 이거다.

"바로 비상계엄으로 넘어간다라……."

"경찰에게 무장을 시키고 싶지는 않을 테니까요."

경찰은 민간인에 가깝다.

즉, 최악의 경우 경찰은 대부분 국민들의 편을 들지 반국가 단체의 편을 들지는 않는다.

더군다나 경찰은 군처럼 철저한 상명하복이 아니다.

쿠데타라는 것은 심각한 문제다.

군 내부에서 장군의 쿠데타 세력과 손잡는다고 해도 아래 영관급이나 위관급이 말을 안 들으면 말짱 황이 되는 거다.

군조차도 그런데 경찰에게 과연 무기를 줄까?

"아마도 경비계엄을 통해 비상계엄으로 넘어가면 경비계엄용으로 제공된 총기가 반드시 군에 대항하는 쪽으로 넘어가게 될 겁니다."

그러니 홍안수의 입장에서는 경비계엄령은 걸 수가 없다.

노형진의 설명을 듣던 송정한은 걱정스러운 얼굴로 그에게 물었다.

"그나저나 한국은 어떤가?"

한국에서야 권력의 정점인 국회의원이라고 하지만 지금은 그게 아니다. 그 때문에 정보에 관해서는 어마어마한 통제를 받을 수밖에 없다.

"주식은 사정없이 떨어지는 중입니다. 못해도 50% 이상 빠질 겁니다."

"설마?"

"네, 저도 저때 돈 좀 벌 겁니다. 주요 주식시장에서 이미 수거 중입니다."

그 말에 송정한은 씁쓸하게 웃었다.

"자네는 때로는 독하군."

"돈이 있어야 싸울 수 있지요."

노형진은 거기까지만 말했다.

사실 노형진은 단순히 주식만 매집하는 게 아니었다.

이미 시세 차익을 노리고 선물 옵션에 투자해서 어마어마한 돈을 벌었다. 대부분의 사람들은 설마 한국에서 계엄령이 선포될 거라고는 생각도 못 했으니까.

"제보에 따르면 현재 동원된 부대는 총 5개 부대라고 합니다."

47사단과 59사단, 82사단, 제34기갑사단 그리고 42기계화보병사단이었다.

모두 홍안수가 선발한 사람들이다.

"아마도 그들의 선발은 일본의 입김이 들어간 것이었겠군."

"그럴 겁니다."

계엄령이 선포된 후로 다행히 아직 실탄사격은 벌어지지 않고 있었다.

"그리고 아마도 실탄사격이 벌어지기는 힘들 겁니다. 당분간은요."

"그렇겠지."

장군 자리야 친일파 출신인 스파이들이 잡았다고 하지만 그 아래의 병사들은 아니다.

"한국은 병사들의 지적 수준이 최고로 높은 나라입니다. 과거의 군과는 다르지요."

국민들에게 사격하라고 했다가는, 재수 없으면 그 총알이 장교들에게 날아올 수도 있는 게 현대의 군이다.

"섣불리 실탄사격 명령은 내리지 못할 겁니다."

치안 유지와 민간인 사살은 사실 전혀 다른 문제니까.

사실 한국의 마지막 계엄령은 5.17내란 때다.

그때는 진짜 대부분의 사람들이 못 먹고 못살고 고등학교 졸업만 해도 상당한 지식수준이었던 시기지만 지금은 군인의 80% 이상이 대학생이거나 대학 졸업자다.

그때처럼 무식하게 시키는 대로 하지는 않는다는 거다.

"치안 유지야, 어찌 되었건 아예 부당한 명령은 아니니까요."

하지만 민간인의 사살은 전혀 다른 문제다.

"그리고 다른 부대는 아직 움직임이 없습니다."

"혼란스러울 거야."

법적으로는 홍안수가 대통령이 맞는데 명백한 친위 쿠데타가 벌어진 상황.

그렇다고 해서 바로 군을 움직이자니 내전 문제에서부터 북한 문제까지, 생각할 게 너무 많다.

"일부 홍안수를 부정적으로 보던 장군들은 계엄 발동과 동시에 체포당했다고 합니다."

"군이 그 지랄이면 국회의원들도 모조리 잡혀갔겠군."

"보시겠습니까?"

"응?"

송정한은 뜻밖의 말에 눈을 끔뻑거렸다.

노형진은 설명을 덧붙였다.

"계엄 발동 몇 시간 전에 각 의원들의 집으로 국정원 요원으로 보이는 자들이 찾아갔다고 합니다. 촬영분이 있지요."

송정한은 고개를 흔들었다.

"그럴 필요는 없네. 일단 상황이 이렇게 되었으니 국회의원들이 모여서 계엄령을 풀라고 요구하겠네."

"들어주지는 않겠지만요."

"그게 문제군."

이미 홍안수는 단단히 각오하고 저지른 일이다.

그런 그가 쉽게 포기할 리가 없다.

"물론 홍안수는 그렇지요."

노형진은 씩 웃었다.

"하지만 다른 사람들도 그럴까요? 후후후."

⚖

"지금 뭐라고 했나?"

"무기가 필요하다, 최대한 많이. 소총부터 대전차미사일, 방탄복 등 뭐든 좋다. 탱크나 헬기도 상관없고."

그 말에 남상진은 물끄러미 노형진을 바라보았다.

"그게 무슨 말인지 모르는 거냐?"

"알지."

"전처럼 뻥카도 아니고, 진짜로 필요하다고?"

"그래."

"네가 요구한 양이면 족히 3만 명은 무장할 수 있는 수준이다. 대전차미사일 같은 건 위험한 무기인데, 거기에다 지대공미사일까지……."

"불가능한 거야?"

"불가능한 건 아니지만……."

남상진은 진지하게 물었다.

"배달 장소가 한국이라니, 너 미친 거냐?"

무기? 물론 살 수 있다.

그는 무기 브로커이니 누가 무기를 산다고 하면 당연히 팔 생각이 있다.

하지만 배달 장소가 한국이란다.

그렇잖아도 뒤숭숭한 한국이다. 그런데 거기에 무기를 비밀리에 공급할 계획이란다.

"그게 뭘 의미하는지 모르는 바는 아닐 테고."

"내전이지."

노형진은 마치 안다는 듯 말했다.

"일단은 2만 명이 무장할 수 있는 무기를 공급하면 되는 거야."

"그리고 그걸로 내전을 유도한다?"

"그래."

"넌 국가에 대한 애정이라고는 눈곱만큼도 없는 거냐?"

"네가 할 말은 아닌 것 같은데?"

"난 주로 한국의 무기를 파는 쪽이지, 한국에 반입하는 쪽이 아니야. 그리고 설사 판다고 해도 국가에 대한 반역은 꿈도 안 꿔."

남상진의 항변.

물론 틀린 말은 아니다.

이권 때문에 불법으로 무기를 팔아 왔지만 그렇다고 해서 그가 양심을 판 적은 없었다.

브로커로서 무기를 팔고 돈을 받았지만 불량품을 팔거나 한 적은 없었고, 극단적으로 위험한 생화학 무기 같은 건 취급도 안 했다.

웃긴 말이지만 무기상으로서 그는 상당히 깨끗한 편이었다.

그런데 그런 그에게 노형진은 한국의 전쟁을 위한 무기가 필요하다고 한 것이다.

"충성심이라……."

노형진은 잠깐 침묵을 지켰다. 그리고 피식 웃으며 말했다.

이것이 법이다

"충성심을 가진 대상이 국가이냐 국민이냐 정권이냐에 따라 달라지겠지."

"뭐?"

"내가 가진 충성의 대상은 국민이야. 대한민국이 내 나라이고 소중하기는 하지만, 대한민국 국민을 고통 속에 빠트리면서까지 대한민국을 지켜야 한다고는 생각하지 않아. 하물며 국가도 그런데 권력자들의 집합인 정권? 관심도 없어."

"너 지금 그 말이 얼마나 언어도단인지 아는 거냐? 내전 국가 가 본 적 없어?"

내전 국가는 그야말로 비참하기 그지없다.

서로가 서로를 죽이고, 한쪽에서는 사람이 총에 맞아 죽고 한쪽에서는 아이가 굶어 죽는다.

남자는 열 살만 되어도 전쟁터로 끌려 나가서 자살 폭탄 테러에 이용되고, 여자는 나이에 상관없이 성폭행의 대상이 되어 버린다.

"설마 한국이 그런 나라가 되기를 원하는 거냐?"

"음, 뭐 그렇다고 볼 수 있지."

"이런 미친!"

남상진은 일반적으로 감정 표현을 잘 안 한다.

하지만 이번만큼은 안 할 수가 없었다.

무기를 팔기 위해 전 세계를 돌다 보면 그 비참함을 많이 볼 수밖에 없다.

멀리 갈 필요도 없다.

한국에서 유일하게 전투 병력을 파병했던 베트남전쟁 역시 내전이었고, 그 당시에 승리한 북베트남은 말 그대로 수백만을 학살했다.

단순히 남베트남의 치하에 있다는 이유 하나만으로 말이다.

"푸하하하!"

노형진은 그런 남상진의 반응을 보면서 크게 웃었다.

"웃어? 지금 웃음이 나와?"

"응, 나와. 내가 원하는 게 바로 그런 반응이거든."

"뭐?"

"너, 민주주의는 피를 먹고 자란다는 말은 알지?"

민주주의의 오래된 숙명이다.

당연한 게, 권력은 절대적인 것이다.

권력은 자식과도 나누지 않는다고 하는 말이 있을 정도이다.

그런데 누군가가 그 권력을 나누려고 한다면 기득권은 방어할 테고, 그 과정에서 피를 볼 수밖에 없다.

광주민주화운동, 부마민주항쟁 등 그 모든 게 그러한 피다.

"한국은 그러한 피로 민주주의를 이뤘지."

노형진의 말에 남상진은 일단 다시 자리에 앉았다.

자신이 생각하는 것과 좀 다른 것 같았으니까.

"실질적으로 동아시아에서 제대로 된 민주주의국가는 대한민국뿐이야. 그건 전 세계를 돌아다니는 네가 가장 잘 알겠지."

동남아는 아직 민주주의가 성숙하기에는 국민들의 교육 수준이나 계몽 수준이 좀 부족하다.

극단적 자본주의가 먼저 들어오면서 민주주의가 성장을 멈춰 버린 상황이기 때문이다.

북한은 애초에 말만 민주주의다.

북한의 공식 명칭은 조선민주주의인민공화국이다.

그들도 민주주의가 좋은 건 아는 거다.

중국? 거기는 애초에 공산국가이고 러시아 역시 민주주의가 아니라 독재국가이다.

그나마 민주주의라고 따라 하는 게 일본이지만 현실적으로 일본은 민주주의의 가면을 쓴, 권력자들을 위한 귀족 국가라고 봐야 한다.

"동아시아에서 피를 흘린 끝에 민주주의를 쟁취하는 데 성공한 국가는 오로지 대한민국뿐이야."

"그래서?"

"하지만 이제는 그걸 잊어버린 거지. 마치 일제강점기를 잊어버린 것처럼."

일제강점기, 그 고통스러운 시절을 잊어버린 사람들.

물론 그때만 곱씹으면서 일본과 전쟁을 하라는 게 아니다.

하지만 그때 겪었던 일본이라는 나라의 본질을 기억하고 경계는 해야 한다.

"지금 나라 꼴이 어때? 완전히 잊어버리고 친일파에게 끌려다니고, 결국은 일본 스파이가 대통령까지 하는 상황이야."

"음……."

"인간은 망각의 동물이지. 시간이 지나면 잊어버리는 게 당연해. 하지만 망각하지 않기 위한 노력은 필요하지."

그러나 한국은 그 노력이 없다.

"한국의 가장 큰 문제가 뭔지 알아?"

"뭔데?"

"용서가 너무 쉬워. 심지어 용서할 권한도 없는 놈들이 용서를 떠들지."

살인범을 용서할 권리가 있는 사람은 희생자의 유가족뿐이다. 다른 사람들은 어떠한 권리도 없으며 그에 관련된 주장을 할 수도 없다.

"그런데 웃긴 건, 정작 유가족의 용서할 권리는 인정받지 못한다는 거지."

반성문을 쓰고 눈물 좀 흘려 주면 주변에서 알아서 용서한다.

경찰이, 검사가, 판사가, 인권 단체가 용서한다.

하지만 그들 누구도, 피해자에게 용서할 권한을 넘겨받은 적이 없다.

"심지어 피해자들은 용서 못 한다고 울고불고 난리를 치는데 인권 단체라는 놈들이 지랄을 하지. 더 웃긴 건 피해자가 용서하는 데 관련 없는 사람들이 물어뜯는 경우도 많다는 거야. 공통점이 뭔지 알아?"

가해자가 피해자에게 사과하면 주변에서 용서하지 않고, 가해자가 다른 자들에게 사과하면 용서한다는 것이다.

"그런 경우 피해자는 입 닥치고 있으래. 그게 한국의 가장 큰 문제야."

"으음."

"친일파를 용서하자고 그 지랄을 한 결과가 이거야. 결국 다시 친일파, 아니 일본의 노예가 되는 것."

노형진의 말을 가만히 듣고 있던 남상진은 한숨을 푹 내쉬었다. 노형진의 얘기에 공감이 가지 않는 것은 아니지만 심각한 문제가 있었기 때문이다.

"그래서 내전을 일으켜서 그들을 죽이면 모든 문제가 해결된다는 거냐? 그건 또 다른 범죄와 피해자를 만들 뿐이야."

"누가 그들을 죽인대?"

"그러면?"

"내가 아까 그랬지, 네가 보인 그 반응이 바로 내가 원하던 반응이라고."

"그래, 그랬지."

"만일 말이야, 누군가 무기를 공급해서 내전이 벌어지게 된다면 사람들은 어떻게 생각할까?"

"기겁하겠지."

"맞아. 내전 국가의 결말이 어떤지 사람들이 모르지는 않아."

가진 게 많은 사람일수록 잃어버릴 것도 많은 법이다.

그런 면에서 한국은 내전이 일어나면 어마어마한 문제와 맞닥뜨려야 한다.

세계적인 레벨의 기술과 문화는 모조리 사라질 테고, 북한은 당연히 쳐들어올 것이며, 한강의 기적을 본 다른 나라들은 다시는 한국이 일어나지 못하게 갖은 수를 다 쓸 것이기 때문이다.

특히 중국 같은 경우는 아예 전쟁을 불사하며 움직일 가능성도 있다.

"사람들은 그걸 잃을 각오가 되어 있지 않지. 그렇다면 지금 친위 쿠데타를 일으킨 세력은 어떨까?"

"당연히 그들은 모든 걸 걸고 하는 중이겠지."

"그래, 그건 맞아. 하지만 그 아래의 일반 장교들은? 일반 병사들은?"

"응?"

"그 사람들은 과연 무슨 생각을 할까? 그들이 아무 생각 없이 그냥, 장군님께서 총을 쏘라고 하니까 쏠까?"

남상진은 잠깐 생각에 빠졌다.

그리고 노형진이 뭘 노리는지 알아채고는 헛웃음을 지었다.

"그럴 리가 없지. 사실 제대하면 장군이고 나발이고 그냥 동네 아저씨니까."

"빙고! 내 말이 그 말이야. 장군? 그래, 자기 인생 걸고 하는 싸움이겠지."

하지만 장교나 병사는 아니다.

그들의 입장에서는 재수가 없었던 시기일 뿐이다.

그리고 그들의 대부분은 이 시기가 지나면 제대하고 가족에게 돌아갈 거라 생각한다.

"더군다나 지금의 장병들은 상부가 어떤 상황인지 누구보다 잘 알아."

그 전에는 군대가 외부와 접할 방법이 없었다.

방송도 통제되던 시절이었고, 그 때문에 상부에서 빨갱이가 도시를 점령했다고 하면 그걸 믿던 시절이었다.

"하지만 지금은 아니지."

아직 핸드폰이 인정된 상황은 아니지만 싸지방이라고 해서 사이버 지식방, 즉 인터넷이 되고 지난 몇 주간 방송에서는 계속 홍안수에 대해 이야기했다.

아무리 군대에서 병사들의 눈과 귀를 막고 싶다고 해도 막을 수가 없는 상황이다.

"그나마 지금 병사들이 그들의 명령에 따르는 것은 군이라는 조직의 특성, 그리고 업무가 오로지 치안 유지에 한정된다는 특성 때문이지."

즉, 계엄이기는 하지만 누군가를 때려잡지는 못하고 있다는 것이다.

실제로 계엄령이 실행되고 일부 시위가 벌어지고 있기는

하지만 거기서 강제 연행은 있을지언정 사살이나 총격은 없었다.

"하지만 내전 상태로 들어가게 된다면 어떨까?"

"장병들 입장에서는 어이가 없겠군."

종교적인 신념이 있는 것도 아니다.

그렇다고 인종적인 원한이 있는 것도 아니다.

국민들이 국가 전복을 원하는 것도 아니며, 또한 그들이 외세도 아니다.

"그런데 정작 자신들의 통수권자는 일본의 스파이이며 쿠데타를 통한 국가 전복 세력이고 독재를 하려고 하는 놈이지."

군대가 지키고자 하는 것은 국가와 국민이다.

"그런데 위에서 국가와 국민을 죽이라고 하는 거지. 그와 더불어 가족도."

"……."

권력자들이야 거기서 이기면 평생 독재자로서 편하게 살 수 있겠지만 병사들은 과연 어떨까?

대한민국에서 군인의 대우는 비참하기 그지없다.

대놓고 방송에서 집 지키는 개라고 표현하는 게 대한민국의 군인들이다.

물론 정권이 바뀌면 군인에 대한 대우가 바뀔 수도 있다.

그러나 이건 친일파 정권이 될 게 뻔하다.

그들이 과연 한국의 군인들에게 올바른 대우를 해 줄까?

"더군다나 말이야, 너도 알겠지만 대한민국은 모든 남자가 군대를 다녀온 경험자들이란 말이지."

외국의 어설픈 민병대가 아니라 죄다 전투에 익숙한 전투 숙련자들이다.

"한국의 보병 전력은 뻔하고."

기계화사단이 아닌 이상에야 좀 독하게 말하면 예비군과 현역의 차이는 좀 쉬었느냐 안 쉬었느냐 뿐이다.

물론 현역이 조금 유리한 건 있지만, 반대로 표현하면 현역 중에는 숙련도가 아직 떨어지는 이등병이나 일병도 있는 반면 예비역은 죄다 군 생활 내내 박박 기어 다닌 병장급이다.

전체 숙련도로 비교하면 병장급이 더 유리한 건 당연한 일.

"그리고 똥개도 자기 동네에서는 절반은 먹고 들어간다잖아?"

홍안수의 표현을 빌리자면 빨갱이 반군이 있는 동네에 병력을 밀어 넣어 봐야 그건 악몽일 뿐이다.

군대에서 가장 싫어하는 전장이 바로 도시다. 온 동네에 숨어 있고 어디서 튀어나올지 모르니까.

"저쪽은 대부분이 일반 보병이야. 기갑이 없는 건 아니지만 도시에서는 그 효용성이 떨어지지. 그런 기갑에, 대전차 미사일은 도시에서 공포의 대상이지."

개활지라면 피하거나 미리 보고 대비라도 하겠지만 골목이 많은 도시에서는 그게 안 된다.

특히 옥상 같은 데서 아래로 쏴 버리면 구형의 RPG로도 현대전의 장갑을 뚫어 버릴 수 있다.

상대적으로 상부의 장갑이 약한 건 사실이니까.

특히 엔진부는 아예 답이 없고 말이다.

"너도 알 텐데? 장갑차 안에 있다가 RPG라도 맞으면 산
채로 익어 버리는 거야."

하물며 홍안수의 세력은 숫자도 적다.

당장 5개 사단은 호응했지만, 지속적인 홍안수의 명령에
도 불구하고 다른 부대는 움직이지 않고 있다.

상황을 모르는 바도 아닌 데다가 북한을 경계할 수밖에 없
는 상황이다.

더군다나 국회의원들은 죄다 다른 나라의 대사관에서 현
대통령의 탄핵을 결정했다.

"권력이고 나발이고, 다른 부대는 절대 안 움직여."

물론 시간이 지나고 홍안수의 권력이 공고해진다면 그때
는 편들어 줄 놈들이 있을지도 모른다.

하지만 지금 당장은 아니다.

"특히 내전 상태에 들어가면 결국 장군들도 선택을 해야
하지."

이쪽이냐 아니면 저쪽이냐.

"누가 더 많이 선택받을 것 같아?"

"큭."

당연히 이쪽이다. 멍청하게 저쪽을 선택할 인간은 없다.

상식적으로 봐도 저쪽은 5개 사단이다.

물론 그 숫자가 적은 건 아니다.

하지만 세 곳은 알보병이고 한 곳은 장갑차로 이루어진 기계화사단이며, 1개 사단만 기갑사단이다.

"기갑사단은 도심지에서는 쓸 수가 없지. 그러면 알보병이 동원되어야 한다는 거야."

기계화사단도 결국 차량을 빼면 알보병이다.

"결정적으로 현재 홍안수의 편을 들어 주는 곳에는 공군이나 헬기가 없어."

기갑여단이 아무리 잘났어도 공군에게는 밥이다. 미국이 왜 공군에 투자하겠는가?

"만일 싸움이 시작되면 누가 이길지는 사실상 답이 나와 있지."

정당성의 부분에서 사실상 게임은 끝났다.

"그런데 어떻게 장군들과 홍안수가 무리해서 친위 쿠데타를 결정할 수 있었을까?"

"무기의 문제군."

"맞아. 정확해."

과거, 즉 냉병기 시절에는 정규전을 하는 군대와 민병대의 차이는 아주 작았다.

군대는 훈련받았고 민병대는 훈련받지 않았다는 정도다.

왜냐? 냉병기는 구하기 쉬우니까.

창 대신에 부엌칼을 나무에 연장해서 달아도 훌륭한 무기였고, 상황이 다급하면 죽창이라고 불리는, 대나무를 자른 무기도 쓸 만했다.

하다못해 나무만 뾰족하게 깎아도 사람을 찌를 만했다.

물론 훈련도의 차이가 있기 때문에 동일한 숫자의 병력이 붙으면 당연히 군대가 이긴다.

하지만 민중의 숫자는 일반 병사들보다 훨씬 많았기 때문에 민중 봉기라는 게 가능했다.

"하지만 현대는 아니지."

현대전에서 군대의 무기는 민중을 절대적으로 압도한다.

소총만 해도 그런데 탱크가 나온다면 답이 없다.

당장 6.25 당시에 한국군이 탱크가 없어 북한에 제대로 저항도 못 한 점을 생각하면 현대 병기의 위력을 실감할 수 있다.

당장 현대의 1개 분대는 냉병기로 무장한 민병대로 구성된 1개 대대 병력이 온다고 해도 감당할 수 있다.

"그게 다 무기의 차이에서 오는 거지. 그리고 한국은 개인 무기가 불법인 나라야."

"무슨 뜻인지 알겠군."

친위 쿠데타를 일으킨 세력 입장에서는, 다른 군대가 움직이지 않는다면 민병대 정도는 어렵지 않게 제압할 수 있다는 자신감에 바탕하여 벌인 짓인 것이다.

"하지만 그렇게 되면 다른 부대가 일어날지도 모르는데?"

"그것도 감안해야지, 그들이 일본군 스파이라는 거."

"아, 그랬지. 그걸 감안해야지."

국민이 아군에게 학살당하면 당연히 장군의 일부는 거기에 참여한다.

그리고 그건 내전으로 확산된다.

"일부만의 싸움이라고 해도 그건 내전 상태야."

주식은 사정없이 떨어질 테고 주변은 시끄러워질 것이다.

"그리고 홍안수 입장에서는 그때는 자위대의 파병을 요청할 수 있지."

"뭐? 무슨 소리야? 일본군은 전쟁을 못 해!"

노형진은 고개를 흔들었다.

"정확하게 말하면 선공을 못 하는 거야."

방어는 가능하며, 그걸 곡해해서 파병도 가능하다.

실제로 한국에 알려지지 않았을 뿐 일본군은 상당히 많은 파병을 하는 나라 중 하나다.

"만일 한국에서 홍안수가 파병을 요청하면 어떻게 되겠어?"

공식적으로 일본은 홍안수의 정권을 유일한 정권으로 인정할 테고 합법적으로 파병하게 된다.

그리고 일이 그쯤 되면 중립을 지키던 부대들도 결정을 해야 한다.

민중을 돕든가 아니면 홍안수를 돕든가.

"그리고 그 싸움이 격렬할수록 북한과 중국의 도발 가능성은 커지지."

홍안수 입장에서는, 아니 스파이들의 입장에서는 나라가 망하든 말든 상관이 없다. 그러니 당연히 북한에 대한 방어를 할 부대까지 빼서 내전에 쓸 거다.

"그러면 정작 한국의 민중을 지키려고 하는 쪽에서 북한을 견제하게 될 거야."

즉, 수적으로는 반쿠데타군이 많을 수 있지만 지형적으로는 양쪽에서 두들겨 맞는 꼴이 된다.

"일본에서 가장 원하는 게 바로 한국의 전쟁이지."

2차대전 패망으로 인해 쫄딱 망했던 일본. 그들이 일어날 수 있었던 것은 한국전쟁 때문이다.

그래서 일본의 극우 세력은 공식 석상에서도 한국이 전쟁만 하면 다시 일어날 수 있다고, 아예 한국에서 전쟁이 나기를 기도하는 놈들이다.

"그 후에는 친일파 놈들이 일본으로 망명한다고 해도 우리가 데리고 올 수가 없지."

전쟁으로 모든 걸 잃어버린 이상 힘이 없으니까.

"억측 아닌가?"

"억측일 수도 있지. 하지만 억측이 아니라면? 그게 충분히 가능한 일이라면?"

"가능성을 따지면…… 현실적으로 가능하지."

알게 모르게 차이가 있기는 하지만 미국이 더 중요하게 생각하는 것은 일본이다.

만일 한국과 일본이 전면전 형태가 되거나 한국의 내전에 일본의 자위대가 참전하는 형태가 된다면 당연히 미국은 일본을 편들어 줄 수밖에 없다.

애초에 한국과 일본은 성향이 제법 다르다.

한국이 미국을 공존을 위한 동맹이라고 생각하는 반면 일본은 미국의 노예처럼 행동하니까.

쉽게 말해서 국익에 피해가 간다면 한국은 미국과도 거리를 두는 데 반해 일본은 상황에 상관없이 미국 편을 들어준다.

옛날로 치면 일본은 미국에 사대를 하고 있는 셈이다.

그러니 비상사태가 터지면 미국의 마음이 일본 쪽으로 기우는 건 당연한 일이다.

더군다나 방어적인 면에 있어서도 섬인 일본의 방어가 반도인 한국보다 쉽다.

현시대에 미국의 가장 큰 적은 중국과 러시아니까.

"그 계획의 핵심은 바로 민중이 친위 쿠데타군에게 저항하지 못한다는 것에 있지."

하지만 저항할 수 있다면? 도리어 역전할 수 있다면?

이 모든 게 의미가 없어진다.

"5개 사단 병력. 많아. 하지만 한국의 예비군이 모인다면?"

시간 단위로 군단급 전력이 만들어진다.

아무리 현역병이라고 해도 그 병력에 대항할 수는 없다.

"다만 문제는 무기지."

"그걸 공급하겠다 이거군."

"정확해."

인터넷에 나도는 우스갯소리로, 명동 한복판에 자주포를 세워 두고 몰 줄 아는 사람을 찾으면 30분 안에 나오고, 하루 동안 찾으면 1개 연대분의 인원수를 모을 수 있다는 말이 있다.

한국군에게 있어서 부족한 건 장비지 인적인 자원이 아닌 것이다.

"그 소문만으로도 충분히 친위 쿠데타군의 병력을 안에서부터 흔들 수 있어."

물론 무기를 공급하는 것은 진짜 주의해야 하는 일이다. 이 일이 끝난 후에 회수할 수가 없다면 심각한 문제가 될 테니까.

"그러나 공급을 하겠다는 사람들이 있다면 일단 상대방은 쫄릴 수밖에 없지."

"하지만 민간인을 내전에 쓰는 건 좋은 생각이 아니야."

"꼭 그렇게 생각해야 할 이유가 있나?"

"뭐?"

"아까도 말했지만 예비군의 전투 능력은 현역에 비해 그다지 떨어지지 않아. 특히 북한군을 대상으로는 말이지."

"아!"

북한군은 숫자는 많지만 전투 능력이 떨어지는 걸로 유명하다.

즉, 예비군만으로도 충분히 억지력을 가진다는 거다.

"예비군만으로도 억지력은 충분하다는 건, 반대로 말하면 내전은 현역 대 현역의 싸움이 된다는 뜻이지."

그리고 압도적인 숫자의 현역이 시가전을 벌인다면 쿠데타 세력은 답이 없다.

그들은 도시의 지형도 모르고 숫자도 부족하다. 심지어 명분도 부족하다.

물론 시민 쪽을 편드는 군대도 지형을 아는 바는 아니지만, 홍안수가 일본 스파이라는 점 때문에라도 일단 그들은 시민군의 지원을 받을 수 있다.

"게임이 안 되겠군."

"이런 말이 있지. 성공하면 혁명, 실패하면 쿠데타. 그리고 홍안수의 친위 쿠데타는 당연히 그저 쿠데타로 끝날 거야."

노형진은 자신 있게 말했다.

⚖

68사단의 하진욱 소장은 위에서 내려온 명령에 눈을 찌푸렸다.

"역시 이렇게 되는군."

─계엄을 선포하며, 68사단은 전라남도 광주로 내려가 반란군을 진압하고 치안을 유지하라.

계엄령이 내려진 후에 일부 군대는 움직였다지만 대부분의 군대는 여전히 움직이지 않고 있다.

그 군대에 홍안수는 당연히 대통령으로서 명령을 내렸다.

공식적으로 홍안수는 대통령이 맞고, 또 탄핵이 이루어지지 않은 이상 그가 합당한 명령권자이기는 하다.

만약 그가 일본의 스파이만 아니었다면 말이다.

"어떻게 하시겠습니까?"

자신을 바라보며 묻는 김진양 대령의 말에 하진욱은 그를 마주 보았다.

"어떻게 생각하나?"

"일단 명령은 따라야 할 것 같습니다. 현 상황에서 홍안수 각하는 합당한 명령권자입니다."

"다른 곳도 아니고 광주야. 그게 무슨 의미인지 모르나?"

민주주의의 성지 광주다. 계엄이 떨어진 현 상황에서도 그곳에서는 지속적으로 시위가 계속되고 있다.

아니, 시위 자체는 전국적으로 벌어지고 있었다.

다만 광주는 그 지역적 특성상, 군이 들어가면 진짜 전면적인 싸움이 벌어질 수도 있다.

"하지만 명령은 명령입니다. 현 상황에서 우리가 그 명령을 어길 수는 없습니다."

"후우, 그건 그렇지."

하진욱은 진지한 표정이 되었다.

그리고 침을 꿀꺽 삼켰다.

군 생활을 하는 동안 이런 일이 벌어질 줄은 몰랐다.

"전 사단에 비상을 걸게. 완전군장으로 실탄 분배하고."

"알겠습니다."

각오한 듯 고개를 끄덕거리는 김진양.

"다만 전 군단에 마이크를 연결해서 내가 마지막으로 연설을 할 수 있게 하게나."

"마이크요?"

"우리가 이제 누구와 싸워야 할 거라고 생각하나?"

"아……."

다른 사람도 아니고 국민과 싸워야 하는 상황이다.

장병들의 사기가 어찌 될지는 눈으로 보지 않아도 뻔하다.

"이럴 때일수록 장병들을 다독거리고 내부를 단속해야지."

"알겠습니다, 장군님."

"서두르지는 말게. 내일까지 모든 준비를 마치도록. 이번에 나가면 언제 들어올지 모르니까."

"네, 장군님."

김진양이 고개를 숙이고 나가자 하진욱은 창밖을 내다보면서 긴 한숨을 쉬었다.

"내가 멍청한 선택을 한 게 아니기를……."

⚖

"젠장, 이게 뭐 하는 거야?"

박기현 중위는 짜증이 났다.

아무리 상명하복에 죽고 사는 군대라고 하지만 이번에 싸우는 대상이 시민이란다.

물론 공식적으로는 단순 치안 유지가 목적이다.

하지만 실탄을 지급했다는 것 자체에서 그 이상의 목적이 있음을 추정하는 건 어렵지 않다.

단순 치안 유지만을 위해서라면 총알은 필요 없다.

일단 군인이 숫자가 많기 때문이다.

그리고 헌법이 정지되고 모든 처벌이 군법으로 이루어지는 와중에 멍청하게 싸우거나 도둑질하는 놈은 없다.

이 상황에서 치안을 해친다고 주장하는 대상은 촛불을 들고 있는 시민들뿐이다.

"소대장님, 이건 진짜 아니지 않습니까?"

도열을 하고 있던 병장 한 명이 화가 나서 외쳤다.

"우리가 왜 국민들에게 총을 겨눕니까?"

"나도 그러지 않기를 바란다."

"그러면 하지 말아야지요."

이것이법이다

"그랬다가는? 너 소문 못 들었어, 옆의 2중대 중대장이 명령 불복종으로 잡혀간 거?"

광주 출동 명령이 떨어졌을 때 출동을 거부한 대위는 바로 헌병대로 잡혀갔다.

"나도 엿 같아서 때려치우고 싶어. 그런데 어쩔 건데? 여기서 잡혀가면 다 죽어."

농담이 아니다.

소문으로는 홍안수가 과거에 사라진 남산의 고문실도 새로 만들었다는 이야기도 있었다.

"하지만……."

"일단 좋게 생각하자. 가서 쏘라는 게 아니잖아. 그냥 경비만 서라는 거잖아."

일단 시위자들을 주변으로 나가지 못하도록 하면서 포위하라는 게 명령이다.

'그다음은 뻔하지만.'

군에 당한 경험이 있는 광주는 예민하게 굴 게 뻔하니, 부딪치다 보면 강제 진압 명령이 떨어질 것이다.

당연히 저항이 시작되고, 그러면 그때는 발포다.

"후우."

박기현은 심호흡을 하며 옆에 있던 병장에게 말했다.

"네가 우리 소대 최선임이지?"

"네, 소대장님."

"최악의 경우 말이다."

"네, 소대장님. 말씀하십시오."

"발포 명령이 떨어져도 절대 조준 사격하지 마라. 하늘로 공포만 쏴. 애들한테도 그렇게 이야기해 두고."

"소대장님? 그러면 소대장님은?"

"모르겠다."

일단 출동을 하기는 하지만 그도 만일 국민들을 제압하라는 명령이 떨어지면 반기를 들 예정이었다.

"나 잡혀가도, 절대 안 된다. 알았지? 근데 안 쏘면 너희가 다치니까 무조건 하늘로 공포만 쏴."

"알겠습니다."

"닝기미. 그냥 일반병으로 갔으면 될 걸 왜 장교에 지원해 가지고."

박기현이 짜증을 삼키며 줄을 서는 그 순간 드디어 하진욱 소장의 목소리가 울려 퍼졌다.

당사자는 없지만 이미 사단 본부에서 마이크를 연결해 둔 상황이었다.

—68사단의 장병들에게 말한다.

그리고 순식간에 침묵이 흘렀다.

가장 싫은 순간이 온 것이다.

—우리 부대는 대통령의 명령에 따라 현 시간부로 광주에 진입하여 치안을 확보한다. 현 시간부로 준전시 태세에 따라 움직이며 본

소장의 명령은 절대적임을 확실하게 알아주기 바란다.

연단에 서 있던 사람들은 대부분 입술을 깨물었다.

잘못된 명령이 내려오더라도 거기에 거부하지 말라는 말로 들렸으니까.

그다음 순간, 하진욱은 첫 번째 명령을 내렸다.

─현 시간부로 첫 번째 명령을 하달한다. 전 부대는 중대장급 이상의 장교를 전원 구금한다. 명령권을 가진 중대장뿐만 아니라 대위급 이상의 장교는 전원 구금하며, 대위급 이상 모든 장교의 직위를 해제한다.

"뭐?"

"뭐야?"

갑작스러운 상황에 당황한 병사들은 어리둥절한 표정을 지으며 서로를 돌아보았다.

특히 중대장급 이상의 장교들은 얼굴이 파란색으로 변하기까지 했다.

─우리는 현 시간부터 광주에 들어가 치안을 확보한다. 하지만 그 치안은 정부 입장에서의 치안이 아닌, 시민들을 위한 치안이다. 우리 부대가 아닌 다른 부대의 진입에 대항하여, 해당 부대와의 교전을 상정하고 시위하는 국민들에 대한 보호를 결정한다.

"뭐?"

"아니, 이게 뭔 개소리야?"

일부 장교들은 당황해서 언성을 높였지만 대부분은 얼굴

이 환해졌다.

이 말이 뭘 의미하는지 아니까.

─중위급 장교는 일단 구금 이후, 쿠데타를 일으킨 반군 세력에 대한 관련 사항을 확인한 후에 다시 업무를 개시한다.

"이게 무슨……."

박기현이 당황하는 그때 중대장이 그에게 다가왔다.

그리고 허리춤의 총기를 넘기고 탄띠를 풀었다.

"뭐긴 뭐야. 소장님이 일 제대로 하겠다는 거지."

"중대장님?"

"명령은 명령이야. 국민을 지키겠다는 의사가 확실하시니 그걸 따라야지."

"하지만 중대장님, 이건……."

스스로 무장을 해제하는 중대장을 보며 박기현은 당혹감을 감출 수가 없었다.

"당연한 거야. 저거 안 보여?"

"씨발, 저리 안 꺼져!"

중대장이 가리킨 쪽은 아주 개판이었다.

옆 중대는 중대장이 자신을 에워싸는 병사들에게 소총을 들이밀고 소리를 지르고 있었다.

"저 새끼, 저럴 줄 알았다."

"네?"

"저 녀석, 극우에 속하거든."

"극우요?"

"그래. 소장님이 그걸 감안하신 거야."

현실적으로 군대라는 조직은 보수적일 수밖에 없으며 또한 우측으로 치우쳐져 있을 수밖에 없다.

실제로 군대 내부에서도 좌편향이면 승진에서 가장 먼저 누락된다.

대부분의 장군들은 좌편향이 빨갱이라고 단순하게 생각하기 때문이다.

"그나마 소대장까지는 멀쩡하지."

군 생활을 한 지 얼마 되지도 않은 데다가 소대장까지는 대부분 ROTC 같은 곳에서 충원을 하는 편이다.

직업군인이기는 하지만 오래 할 사람들은 아닌 것이다.

병사로 오느니 돈을 받으며 일하겠다는 생각으로 온 사람들이 대부분이니까.

"하지만 나 같은 중대장급, 대위급부터는 이야기가 다르지."

중대장은 탄띠를 넘기며 말했다.

"직업군인이니까."

당연히 잔류와 승진에 성향이 영향을 미치니 높은 직급들은 압도적으로 우파적 성향을 보일 수밖에 없다.

물론 우파가 매국노라는 의미는 아니다.

그러나 그쪽 계통의 사람들이 현재 대통령의 친위 쿠데타를 지지하는 건 분명 사실이다.

"중요한 건 충성의 대상이 국민이냐 아니면 대통령이냐의 문제지. 소장님은 그걸 아니까 일단 중대장급 이상의 직위 해제를 명령하신 거고. 그리고 난 명백하게 국민을 충성의 대상으로 삼고 있고. 어서 받아. 무거워."

"아, 네."

박기현은 그걸 받아 들었다.

그 순간 총소리가 울려 퍼졌다.

모두 바짝 엎드려서 그쪽으로 시선을 돌렸다.

허공으로 공포탄을 쏜 옆 중대의 중대장.

"놓으라고, 이 새끼들아!"

"잡아!"

하지만 그의 실수였다.

그가 허공으로 공포를 쏘자 뒤에서 몰래 다가오던 하사관 한 명이 몸을 날렸고 그 뒤로 병사들이 달려들었다.

"아악!"

바닥에 쓰러진 중대장에게 사정없이 군홧발이 날아들었다.

"묶어! 이 새끼는 바로 감옥이야!"

"헌병대 불러!"

그걸 보고 박기현의 중대장은 '휴!' 하고 한숨을 쉬었다.

"일단 상황이 이리되었으니 나는 빠져야지. 물론 다시 돌아올 것 같지만."

"중대장님."

"그런고로 광주에 가서 당분간 뻥이 쳐라. 난 막사에 가서 꿀이나 빨련다."

자신의 군장을 둘러메고 다시 막사로 올라가는 중대장.

그제야 고개를 돌려 보니 대부분의 중대장들은 무장을 스스로 해제하고 막사로 돌아가고 있었다.

"죽지는 말고, 이 새끼들아."

중대장의 마지막 말에 박기현은 그의 총을 꽉 잡았다.

⚖

"하 소장! 이게 뭐 하는 짓이야!"

김진양은 양옆에서 그를 옭아매는 팔에서 풀려나기 위해 몸부림쳤다.

"이야, 역시 본색 나오네, 김 대령."

"너, 너……."

부들부들 떠는 김진양.

부대의 사기 진작을 한다고 하더니 순식간에 장교들을 모조리 체포했다.

다른 사람도 아닌 사단장의 명령이니 당연히 시행되었고, 그 때문에 김진양 역시 체포를 면할 수 없었다.

"김 대령, 나도 자네에 대해서는 알아. 자네 성향도 알지. 국민에게 총질이라니, 뭔 개 같은 소리야?"

"넌 은혜도 모르는 거야! 너를 소장으로 만들어 준 사람은 각하야!"

상식적으로 생각하면 그를 승진시킨 홍안수에게 당연히 충성을 바칠 거라 생각한 김진양이었다.

하지만 하진욱의 생각은 달랐다.

"나는 내가 일 잘해서 단 거지 누구한테 은혜 입은 적 없네만."

"뭐?"

"정치인에게 은혜 입어야 겨우겨우 장군 달 놈이면 일찌감치 군에서 나가야지. 안 그런가, 참모장?"

"크윽, 내부 단속 어쩌고 한 건 그럼 뭐란 말인가?"

"지금 하고 있지 않나? 반군 세력과 싸우려면 당연히 군 내부의 반군 세력부터 일소해야지."

손을 휘휘 저어서 헌병에게 신호를 하는 하진욱.

"나도 이미 소문은 들었네. 평소에 말이 많았던 장군들은 모조리 체포되었다면서?"

물론 여기서 말이 많았던 장군들은 보수를 지지하지 않거나 중립을 지키는 장군들을 뜻한다.

실제로 홍안수는 계엄과 동시에 위험 분자로 분류된 장군들을 보직 해임함과 동시에 체포해서 구금한 상태였다.

군대는 평생을 바쳐야 하는 조직이다.

특히나 장군급이 되려면 10년, 20년으로는 안 된다.

당연히 그중에는 정권이 다른 시절의 장군들도 있었는데, 그들에 대해 갑자기 체포 명령이 떨어진 것이다.

"이 정도면 사실상 국가 전복이지."

"그건 국가의 안전을 위해서……!"

항변하려는 김진양에게 하진욱이 차갑게 말했다.

"국가의 안전이 아니라 정권의 안전이겠지. 안 그런가?"

"아니야! 그럴 리가 없어!"

"그건 상관없네. 이미 결정은 내려졌어."

그는 시민의 편에 서기로 했고, 이미 체포는 시작되었다.

다 잡았을 수도 있지만 아닐 수도 있다.

어찌 되었건 지금쯤 청와대에 자신의 행동이 보고되었을 테고, 이제는 돌이킬 수 없는 상황이 되었다.

"주사위는 던져졌어."

이제 그 결과를 받을 시간이었다.

민주 사회란 이런 것

"뭐라고?"

홍안수는 얼굴이 붉어질 대로 붉어졌다.

"68사단이 반기를 들었습니다. 그들은 현재 광주의 시민들을 보호하기 위해 완전무장 상태로 대기 중입니다."

"이 빨갱이 새끼!"

홍안수는 흥분을 감출 수가 없었다.

자신이 직접 명령을 내렸다.

자신이 임명한 장군인 만큼, 당연히 자신의 말에 따를 줄 알았다.

그런데 제대로 엿을 먹였다.

만일에 대비해서 심어 둔 체포조 역시 사단장인 하진욱에 의해 역으로 체포당했다.

"각하, 68사단만의 문제가 아닙니다. 몇몇 부대에서 불온한 움직임을 보이고 있습니다."

"당장 보직 해임시키고 전원 새로운 사단장으로 바꿔!"

"그게 힘들 것 같습니다."

"뭐?"

"지난번 체포 이후 사단장이 바뀐 부대의 경우, 제대로 통제가 안 되고 있습니다."

아무리 급작스러운 상황이라지만 사단장이 바뀌었는데 그의 말을 바로 따르기는 쉽지 않다.

사람은 기계와 다르다.

프로그램이 바뀌면 그에 맞춰 그대로 돌아가는 기계와 다르게, 제대로 교감되지 않는 상황이라면 최악의 경우 상관 살해가 일어날 수도 있다.

특히 지금 같은 친위 쿠데타 상황에서는 부대의 관리는 생각보다 중요하다.

당장 지휘관들을 직위 해제하고 체포한 부대의 경우, 홍안수 파벌의 사람들을 급하게 보냈지만 계엄에 투입할 수가 없었다.

국민들에게 계엄령을 집행하는 건 상당히 심각한 문제인지라 반발이 심한 데다가, 홍안수의 신분을 떠나서 그의 파벌로만 급하게 보내다 보니 숫자가 부족해서 계급이 흐트러

졌기 때문이다.

사실 한국에서 장군급 이상이 되려면 사관학교 출신일 수밖에 없다.

그런데 사관학교까지 나온 사람들 중에 친일파는 그다지 많지 않고, 그 안에서도 또 민주주의를 부정하는 사람들은 더더욱 많지 않다.

그렇다 보니 다급하게 고속 승진시켜 보낸지라, 중령급이었던 자가 뜬금없이 소장이 되어서 사단으로 파견되기도 한 것.

당연히 내부에서는 불만이 터져 나올 수밖에 없다.

그래서 그들을 제대로 통제하지 못하는 것이 현재 계엄군의 상황이었다.

"어쩔 수 없다. 전부 체포해."

"네?"

"조금이라도 의심스러운 장군들은 모조리 체포해. 더 이상의 문제를 우리는 감당할 수 없다. 그리고 비밀 채널을 통해 북한에 공격 준비를 해 달라고 해. 연평도 정도는 내준다고."

"가, 각하……."

듣고 있던 국정원장은 얼굴이 사색이 되었다.

북한에 공격을 부탁한다는 건 대놓고 국가를 전복하겠다는 뜻이니까.

지금까지의 계엄의 목적과는 완전히 다른 말이다.

"안 걸리면 그만이야. 북한이 지랄하는데 그놈들이 어쩌겠어? 그사이에 우리는 주요 거점을 점령하고 시스템을 확정한다."

홍안수가 진지하게 명령을 내리는 그때, 다급하게 들어온 누군가 국방부 장관의 귀에 뭐라고 중얼거렸다.

그 말을 들은 국방부 장관은 눈을 질끈 감았다.

"무슨 일인가?"

홍안수는 그런 그의 행동에 불안감이 치밀어 올랐다.

국방부 장관도 자신이 고른 사람, 즉 일본 스파이다.

그런 그가 저러는 걸 보니 상황이 좋지 않은 듯했다.

"각하…… 사망자가 나왔습니다."

"사망자? 사망자라니? 벌써 총격전이 시작되었단 말인가? 내 명령도 없이?"

"그게…… 201특공여단으로 갔던 체포조가 실수로 참모진을 사살했다고 합니다."

"뭐?"

쾅!

너무 놀란 홍안수가 얼마나 강하게 일어났는지, 그의 의자가 뒤로 넘어가 버렸다.

그리고 그 말을 들은 다른 부대원들도 눈이 휘둥그레졌다.

사단도 아니고 특공여단이란다.

전투적인 면에서 일반 사단과는 비교도 못 할 정도의 부대다.

물론 각 부대마다 특공이라는 이름이 들어간 부대가 있기는 하다. 특공연대 같은 곳 말이다.

하지만 특공여단은 다른 부대와 급이 다르다.

애초에 특수전을 위해 만들어진, 소수 정예를 추구하는 부대다.

특히 이 특공여단은 더더욱 특별하다.

보통은 여단 위에 사단이 있고, 그다음에 군단이 있으며, 그 위에 군이 있다.

하지만 201특공여단의 경우는 상급 부대가 오로지 군사령부밖에 없는 군단장 직속부대다.

다른 부대들이 참호를 파고 방어에 집중하는 전략을 쓴다면, 특공여단들은 헬기 강습을 통한 공격적 전략을 쓴다.

그렇다 보니 훈련양도 무기 체계도 전투 능력도, 다른 부대와 비교도 못 할 만큼 강하다.

부대의 지원 대상 중에서도 최우선 순위이니 당연히 그들에게 지급된 장비는 한국 최신의 장비들이다.

일반 보병사단과는 비교도 못 할 만큼 말이다.

"어떻게 된 건가?"

"원래는 대구의 시위대를 진압하라고 명령했습니다만, 201특공여단장이 현 상황에서 부대 이동은 적절치 않다고 거절했습니다."

아무리 대구가 보수의 성지라고 하지만 매국을 하는 것과는 다르다.

그렇다 보니 도리어 배신감에 더욱 극렬한 시위가 벌어져서 그걸 강제 진압하라고 명령을 내린 것.

"그래서 체포조를 내려보냈는데……"

국방부 장관은 고개를 숙였다.

체포조가 들어갔을 때 201특공여단장은 그들과 동행하는 것을 거부했다.

법적으로 홍안수 대통령이 국군통수권자인 것은 사실이나 동시에 일본 스파이인 것 역시 사실이니 그를 공격하지는 않겠지만 그의 명령도 따르지 않을 것이며, 혼란이 끝나고 제대로 안정된 후에 새로운 명령권자의 말에 따르겠다고 했다는 것.

사실 대부분의 부대가 비슷한 상황이다.

반격은 하지 않지만 명령도 따르지 않는 상황.

"그래서 강제로 끌어내려고 하다가 그만……"

그렇잖아도 201특공여단에 주눅이 들어 있던 체포조다.

더군다나 다른 부대가 지역 방어를 위해 대대별로 또는 중대별로 흩어져 있는 데 반해 특공여단은 목적 자체가 특수하기 때문에 모두 한곳에 몰려 있었다.

그곳에 있던 장병들의 기세는 흉흉하기 그지없었고, 그에 겁먹은 병사가 오발 사고를 낸 것.

"맙소사."

사실 이렇게 커지면 안 되는 일이었다.

특공이라고 하지만 실탄이 배급된 것도 아니고 그저 숫자만 많을 뿐이었다.

만일 위험하다고 생각되어도, 체포를 포기하고 돌아왔으면 되는 일이었다.

"그런데 총기가 발사되는 바람에……."

여단장 옆에 있던 참모가 그 총에 맞아서 즉사했고, 여단장은 마침 가지고 있던 권총으로 반격했다.

부대원과 다르게 여단장 자신은 그들과 직접 대면해야 하는 걸 감안해서 무장하고 있었던 것.

그가 반격하기 시작하자 체포조도 어쩔 수 없이 반격했다.

총 쏘는 게 일과인 특공여단에서 총소리를 못 알아들을 리가 없으니 당연히 무장 중이던 5분대기조가 들이닥쳤고, 체포조는 순식간에 벌집이 되어 버렸다.

"그로 인해 201특공여단 쪽에서 참모 한 명이 사망하고 체포조는 여덟 명 전부 사망했습니다."

"그리고?"

"그리고……."

국방부 장관은 침을 꿀꺽 삼켰다.

"그리고 마지막 통신으로는, 여단장이 2군사령부를 점거했다고……."

"이런 미친 새끼들이!"

평소 201특공여단의 주요 임무 중 하나가 바로 2군사령부 호위다. 그런데 도리어 그들이 그곳을 점령하다니.

"그곳에서 그들은 각 부대에 공격 사실을 전하며 의사를 묻고 있답니다."

그 의사 표현이라는 게 무엇일지는 뻔하다.

이쪽에 붙을 것이냐 저쪽에 붙을 것이냐.

물론 그게 바로 전투로 이어지지는 않겠지만, 최소한 대구는 이제 잃어버렸다고 봐야 한다.

아니, 대구의 문제만이 아니었다.

"그들이 서울로 침투할 가능성은?"

홍안수는 침을 꿀꺽 삼키며 물었다.

"무시할 수 없습니다. 현재 그쪽 병력 사항에 대해서는 보고가 들어오지 않고 있습니다."

"돌겠군."

결국 상황은 최악이 되어 버렸다.

"수도방위사령부에, 지금부터 신원이 확실하지 않은 사람은 무조건 사살하라고 해."

"하지만 각하! 민간인이 섞여 있을 수도 있습니다!"

"계엄 중이야. 의심스럽게 돌아다니는 놈이 멍청한 거야!"

국방부 장관은 입술을 깨물었다.

돌아가기에는 너무 멀리 왔다는 생각 때문이었다.

"201이라……. 그 사람, 다혈질이지. 많이 참았군."

하진욱은 보고서를 보면서 진지하게 말했다.

201특공여단의 상황은 빠르게 퍼졌다.

국방부에서 쉬쉬하고 있지만 감춰질 만한 정보가 아니었다.

언론이야 막혀 있다지만 각 부대에 있는 사람들이 서로 연락 정도는 주고받고 있으니까.

"많이 참은 거라고요? 군사령부를 점거했는데요?"

"그러니까 많이 참은 거지. 예전 같았으면 바로 서울로 올라갔을걸."

남자는 부르르 떨었다.

그랬다면 서울 한복판에서 총격전이 벌어졌을 것이다.

그때는 진짜 빼도 박도 못하는 내전이 된다.

"그나저나 이 계획은, 결국 우리도 서울로 올라가라는 건가?"

"엄밀하게 말하면 그렇습니다."

"흠……."

노형진이라는 변호사가 보낸 계획.

그건 이 지역의 치안 확보는 경찰과 시민들에게 맡기고 군은 결국 서울로 올라가면서 위력 시위를 하라는 것이었다.

"우리만?"

"현재 반기를 든 모든 장군님들에게 접촉 중입니다."

"반기를 든?"

"설마 현 청와대에서 반기를 든 부대를 알려 주지는 않을 테니까요."

"하긴 그렇군."

그들이 결탁해서 움직이기 시작하면 홍안수 입장에서는 곤란하니까.

"교전이 이루어질 수도 있네."

"교전을 하라는 게 아닙니다. 현재 계엄군은 모두 서울에 와 있습니다. 그들을 포위하고, 압박만 하라는 겁니다."

"벌써 사격이 이루어졌네만?"

"그건 사고일 뿐이지요."

하지만 서울 시내에서 교전이 벌어지는 것은 전혀 다른 문제다.

"우리의 목적은 압박을 통해 계엄군 내부에서 와해가 일어나도록 유도하는 겁니다. 시간이 길어질수록 불리한 건 우리니까요."

시간이 길어지면 병사들이 세뇌될 수도 있다.

전경이 있던 시절, 그들이라고 처음부터 국민들을 때려잡아야 하는 대상으로 본 것은 아니다.

시위에 끌려다니며 시위를 막으면서 몸도 마음도 괴로워지고 상부로부터 지속적으로 세뇌당하면서, 어느 순간 국민들을 때려잡아야 하는 적으로 인식하게 된 것뿐이다.

"그리고 적으로 인식하게 되는 순간 민간인 학살이 벌어지는 겁니다. 세상 그 어디에도 '민간인을 학살해야지.' 하면서 군에 가는 사람은 없습니다."

"그건 그렇지."

"더군다나 시간이 지나면 현재 군을 장악하지 못한 파견 지휘관들이 군을 장악하게 될 수도 있습니다."

그렇게 되면 최악의 경우 한국의 군이 반으로 나뉘어서 싸우게 될지도 모른다.

"그러니 그 전에 압박을 통해 그들을 와해시킨다?"

"그렇습니다."

"흠……."

확실히 예비군을 모으게 되면 그게 가능할지도 모른다.

아니, 확실히 가능하다.

"고작 다섯 개란 말이지."

계엄을 선포했지만 각 부대의 움직임은 알 수가 없다.

홍안수가 그걸 알려 줄 리도 없거니와, 모든 방송과 인터넷이 끊어진 상황이니까.

홍안수가 계엄령을 선포하면서 인터넷을 제공하던 기업들을 제압하고 모든 서비스를 중지시킨 상황.

"가능하겠어."

"하지만 무조건 자원병으로 해야 한다는 조건이 붙습니다. 쉽지 않을 겁니다."

하진욱은 미소를 지었다.

"자네, 일본에서 왔다고 했지?"

"그렇습니다. 일본에 있는 국회의원들이 보냈습니다."

"그러면 잘 모르겠군."

단순 심부름꾼인 그는 고개를 갸웃했다.

하긴, 일본 국적자인 그는 모를 수밖에 없다.

"한국은 말이야."

"네."

"일본이라고 하면 일단 전투력이 두 배쯤 오르고 시작한다
네, 후후후."

하진욱은 자신 있게 말했다.

하진욱은 바로 사람들을 모으기 시작했다.

인터넷도 안 되지만 군에는 병력이 많다.

엄청난 양의 문서를 복사하여 광주 일대에 싹 깔기 시작했다.

　친일 쿠데타 세력으로부터 광주를 지킬 분들을 모집합니다. 한
국은 현재 일본에 의해 지배당하고 있습니다. 일본의 스파이는 우
리를 속이고 대통령이 되었고, 군을 동원해서 국민들을 억압하고
있습니다. 그들을 가만둘 수는 없으나 군에는 지역을 지켜야 하는

이것이 법이다

의무가 있습니다. 이에 많은 예비역들의 지원을 요청합니다. 이는 전시에 따른 징병이 아니라 자원 모집이며, 따로 전투에 투입되지는 않고 지역의 방어 임무만 수행하시게 될 것입니다.

그렇게 지원자를 받기 시작한 지 얼마 되지 않아서 모집 장소인 광주시청은 어마어마한 수의 사람들로 꽉 찼다.

예비역이 된 지 얼마 안 된 청년에서부터, 예비역은커녕 민방위까지 끝난 노인까지.

그들은 하나같이 집과 가족 그리고 나라를 지키기 위해 무기를 들겠다며 모였다.

얼마나 많은 사람들이 모였는지 무기가 부족하다고 생각하는 찰나, 기적이 일어났다.

"우리가 무기를 공급하지요."

그건 다름 아닌 88동원사단이었다.

동원사단은 완편 사단이 아니다.

평소에는 완편 되지 않은 숫자로 병력을 유지하다가, 비상시 예비군 중에서 소집 대상을 모아서 숫자를 채우는 부대이다.

당연히 홍안수는 대부분의 동원사단을 전력 외로 상정하였다.

말로는 사단이라고 하지만 부족한 숫자 때문에 연대급의 전력도 나오지 않기 때문이다.

"괜찮겠소?"

"우리 동원사단의 임무가 그거 아니었나요?"

88동원사단의 사단장은 허허 웃으며 말했다.

실제로 동원사단은 병력을 보충해서 바로 전선으로 보내지는 않는다.

일단 현역들이 전선에 투입되고, 징병된 예비군은 훈련하면서 지역을 방어하다가 전선의 상황에 따라 배치되는 게 기본 전략이다.

"총이야 넘치니까요."

당연히 그런 동원사단은 사람만 없을 뿐 치장 물자, 즉 전투 물자는 넘친다.

그런 동원사단의 참전은 노형진도 예상하지 못한 부분이었다.

"이 지역은 우리가 지키겠습니다. 서울로 올라가십시오."

"고맙소."

하진욱은 그의 손을 꼭 잡았다.

"꼭 나라를 되찾아 오겠소!"

"부탁드립니다."

⚖

"이건 생각 못 했는데?"

노형진 역시 동원사단은 아예 전력에서 빼고 계산하고 있었다.

숫자가 워낙 적기도 하거니와 민간인을 내전 위험에 밀어 넣을 생각은 없었으니까.

그런데 1개 부대가 움직이기 시작하자 다른 부대가 연쇄적으로 움직이기 시작했다.

특히 몇몇 동원사단은 아예 방어 임무에서 벗어나서 서울로 병력을 이끌고 올라가겠다면서 자발적 지원자를 받기 시작했고, 그중 일부는 순식간에 완편 사단 이상의 병력이 되어 버렸다.

제대한 사람들이 너도나도 몰려온 것이다.

특히 쿠데타 세력이 고작 5개 부대밖에 안 된다는 사실에 다들 흥분하기 시작했다.

"동원사단이라……."

"제가 무기를 공급한 게 쓸데없는 짓이었네요."

"그건 아닐세."

노형진이 무기를 공급하기 시작한 것이 방아쇠가 된 것은 사실이다.

사람들은 단순히 촛불을 들고 평화 시위를 하려고 했지만 청와대는 군으로 화답했으니까.

저쪽에서 무력으로 화답했는데 촛불 들고 맞아 죽는 건 멍청한 짓이다.

"물론 그 과정에서 피가 흐르지 않아야 하지만."

송정한은 걱정스러운 표정으로 말했다.

지금 서울에는 이미 알려진 홍안수의 5개 부대 외에 장군을 교체한 3개 부대가 더 모여들었다.

만일 내전 상태가 되면 서울은 순식간에 지옥도로 바뀔 것이다.

"일본에서는 뭐랍니까?"

"여전해. 자기들은 모른다는 거야."

"그러겠지요. 아마 일본은 내심 환호를 내지르고 있을 겁니다."

단순히 스파이 활동만 생각한 홍안수가 한국을 내전으로까지 몰고 가 줄 줄은 몰랐을 테니까.

한국의 몰락과 한국 내의 전쟁을 원하는 일본 입장에서는 최고의 결과였다.

'물론 내가 한국의 기업을 싹쓸이한 후에는 무슨 소리를 할지 모르겠지만 말이야.'

노형진은 속으로 울분을 삼키며 머릿속을 정리했다.

"뭐, 일본이야 그럴 거라 생각했습니다. 미국은 뭐라고 하던가요?"

"미국도 어쩔 줄 몰라 하는 모양이더군."

홍안수에게 자중하라고 했지만, 그가 미국의 말을 듣지 않는 상황이다.

그렇다고 미국이 홍안수 편을 들어 줄 수도 없다.

"주한 미군은 어느 쪽도 편들어 주지 못합니다."

내전인 데다가, 엄밀하게 말하면 미국에 충성을 다하는 존재는 홍안수와 그쪽 파벌이다.

한국 국민 대부분은 미국을 충성의 대상이 아니라 외교의 대상으로 본다.

"그런데 거기서 미군이 홍안수를 편들어 주면 상황이 골 때리는 방향으로 변하니까요."

미국이 독재를 지지하는 듯 보일 수도 있다.

물론 이익이 된다면 남의 나라 독재 같은 건 신경도 안 쓰는 게 미국이기는 하다.

문제는, 미국이 홍안수의 독재를 밀어줘 봐야 좋을 게 하나도 없다는 거다.

홍안수는 미국이 아닌 일본의 스파이이고, 일본에 다 밀어 줄지언정 미국에 도움을 주지는 않을 테니까.

더군다나 옛날처럼 국민들이 무식하고 못사는 시절도 아니니 미국의 배신에 대해 다들 이를 갈 것이다.

만일 한국의 과학자들이 이를 갈면서 중국으로 넘어가면 세계 패권이 중국으로 넘어갈 수도 있는 심각한 상황이다.

"그러니 철저하게 중립을 지킬 겁니다."

"망할 놈들."

일부는 미국이 도와줄 거라 기대했지만, 미국은 철저하게 중립을 지키겠다고 했다.

"차라리 잘된 겁니다. 이참에 우리나라 정치인들도 정신 차려야 해요."

뭔 일이 터지든 미국만 물고 빨면 다 해결해 줄 거라고 생각하는 모양이지만, 애석하게도 국제 관계는 그렇지 않다.

좀 잔인하게 말하면 미국에 있어서 한국은 쓸 만한 개에 지나지 않고, 필요가 다하면 잡아먹어도 상관없는 그런 존재다.

"일단 중요한 건 한국에서 국민들에게 무력이 생기기 시작했다는 겁니다."

홍안수는 국민들에게 무력이 생길 리 없다는 전제하에 계획을 짰을 것이다.

그런 상황에서 국민들에게 무력이 생겼으니 코너로 몰릴 수밖에 없다.

"그러니 최악을 감안하고 감시하셔야 합니다."

"최악?"

"자위대의 한국 상륙 말입니다."

"자위대의 한국 상륙?"

"홍안수와 일본의 입장에서는 충분히 가능합니다."

내전에 파병 형태로 상륙한 후에, 교전을 핑계로 한국의 산업 시설을 박살 내는 거다.

"한국의 산업이 박살 나면 일본이 살아날 기회가 있으니까요."

"하지만 쉽지는 않을 텐데?"

"물론 이건 최악의 상황을 가정한 겁니다. 사실 일본이 한국에 파병하는 건 불가능할 겁니다."

파병이라는 것은 결국 지상군의 상륙을 의미한다.

그런데 일본에서 파병할 수 있는 병력은 뻔하다.

그리고 한국의 내전에 일본 지상군이 휩쓸린다면, 그 한줌도 안 되는 병력은 순식간에 녹아내린다.

"일본의 가장 큰 문제는 자위대 지원자가 많이 부족하다는 거거든요."

말로는 당장 전 세계와 전쟁이라도 할 것처럼 외치는 일본이지만, 현실적으로 자위대의 숫자는 한국이나 주변국에 비하면 터무니없이 적다.

그마저도 인생 퇴물 취급당할 정도로 사람들에게 무시받는 게 현실이다.

"거기에다가 야베는 그동안 일본 자위대를 지속적으로 파병을 보냈죠."

전쟁 가능 국가를 만들기 위해 야베는 자위대의 파병을 계속 시도했다.

하지만 노형진이 몇 번이나 자위대에 엿을 먹였고, 그 때문에 자위관 지원자는 더더욱 줄어서 현재는 총 방아쇠를 당길 수 있는 손가락만 있으면 자위관 합격이라는 말이 나올 정도로 막장인 상황이 되었다.

"그런 상황에서 무리하게 자위대를 한국으로 파병했다가

죽으면 분명 자위대 지원자는 제로에 수렴할 겁니다."

자위대는 군인이 아니라 공무원이다.

남의 나라 전쟁에 가서 죽어야 한다는 것을 안다면 과연 지원자들이 자위대에 얼마나 오겠는가.

"홍안수가 지원 요청을 할 수야 있겠지만 일본은 파병하지 않을 겁니다."

홍안수의 전력을 알고 있는 그들이다.

최종적으로 홍안수가 패배할 게 뻔한데 굳이 일본에서 파병해서 문제를 일으키지는 않을 것이다.

내전이 일어나 피 터지게 싸워 주는 게 최선이지만, 파병은 득보다 실이 더 많다.

"그리고 내전이 일어나기 전에 문제를 해결해야지요."

"어떻게 말인가?"

"당연히 이제 국회의원들이 돌아가야지요."

상황이 급박해서 일본으로 대피했다지만 국회의원들은 여기에 계속 머물러 있으면 안 된다.

민주주의 표상인 국회의원들이 끝까지 여기서 버티면서 안전만 추구하면, 그때는 진짜로 민주주의가 무너질 수도 있다.

당장 홍안수도 결국 민주주의에서 태어난 괴물이니까.

"민주주의가 최고의 정치 방법은 아니지만 현 상황에서는 최선입니다. 만일 정치인들이 여기서 안전할 때까지 버티면 권력이 다시 군으로 쏠릴 가능성도 있습니다."

쿠데타를 막기 위해 군을 이용했는데, 재수 없으면 또 군이 권력을 잡는 독재가 될 수도 있다.

"그러니 정치인들이 다시 돌아가 군의 앞에서 홍안수를 막아야 합니다."

"하지만 안 나가려고 하는 사람들이 있을 텐데?"

"뭐, 그다음은 뻔하지 않습니까?"

노형진은 어깨를 으쓱했다.

올 때와 마찬가지다.

그 책임을 다하지 않겠다면 망하게 하면 그만이다.

"일단 돌아가는 거야 어렵지 않네. 하지만 군이 충돌하면 문제가 심각해질 거야. 서울이 가루가 될 걸세."

"걱정하지 마십시오. 해결책이 있으니까."

"해결책이? 어떤 해결책이?"

"북한이 제일 싫어하던 짓을 해 볼까 합니다."

⚖️

전국에서 모인 병력이 서울로 몰려들었다.

그러나 서울에 진입하지는 못했다.

정확하게는, 하지 않았다고 하는 게 맞는 표현일 것이다.

홍안수가 난리를 피우는 그때, 서울로 몰려든 8개 부대는 다른 부대의 진입을 막았다.

그런 그들의 눈앞에 나타난 것은 거대한 스피커였다.

―종수야! 아비다! 이것아, 정신 차례! 네 할아버지가 독립운동하다 돌아가셨어! 그런데 너는 왜 매국노한테 붙어서 나라를 팔아먹는 게냐!

―용철아, 엄마야. 다 필요 없다. 병신이 돼도 좋으니까 제발······ 제발 살아만 와 다오.

집안의 명예를 따지는 사람들부터 자식을 걱정하는 부모까지, 모두가 꾸역꾸역 서울로 모여들었다.

"허, 이거 심리적 동요가 겁나 심하겠는데?"

한국으로 돌아온 송정한은 혀를 내둘렀다.

스피커를 통해 방송하는 노형진의 전략.

북한이 끔찍하게 싫어하는 전략이다.

북한마저도 그렇게 싫어하는데 저쪽에 붙어 있는 8개 부대? 답이 나온다.

"더군다나 여기서 방송하는 사람들은 실제로 그 가족들이거든요."

가짜 배우들 같은 게 아니다.

군대는 병력을 모집할 때 지역별로 하지 않는다.

과거에 그랬다가 부대가 자칫 전멸이라도 하면 한 지역의 남자들이 싹 죽어 버리는 결과가 나와서, 지금은 부대를 모집할 때 전국에서 모은 다음에 다시 전국에 배정한다.

"반대로 말하면 저기에 있는 장병들의 부모님들은 전국에 계시다는 거죠."

시민군이 나서기 시작하자 계엄군이 한때 점령했던 방송국을 버리고 다급하게 서울로 대피했기에, 그 후에 되찾은 방송국을 통해 서울에 있는 8개 부대 장병들의 부모를 찾는 것은 어려운 일이 아니었다.

자기 자식이 군에 가 있는데 군 소속도 모르지는 않을 테니까.

그들에게 자식에게 하고픈 말을 하라고 스피커를 연결해준 것뿐이지만, 부모의 말을 들은 병사들은 심각하게 흔들릴 수밖에 없다.

"더군다나 시간이 지날수록 서울 내부에서의 문제는 더더욱 심해질 겁니다."

"어째서?"

"고전적인 거죠. 서울은 대도시입니다. 외부에서 식자재가 반입이 안 되면 얼마나 버티겠습니까?"

"아하!"

옛날부터 도시를 포위하고 고사시키는 전략은 흔하게 쓰던 것이다.

특히 서울 같은 메가급 도시는 내부에서 먹고 마셔야 하는 식자재의 양이 어마어마할 수밖에 없다.

물론 물을 차단하는 짓은 하지 않았다.

사실 주변을 포위한 시민군은 물류의 통행을 막는 멍청한 짓을 하지 않았다.

그건 진짜 상대방에게 도망갈 여지조차 주지 않는 짓이니까.

쥐도 코너에 몰리면 문다고 했다.

"하지만 우리는 물리면 안 됩니다."

진짜 그렇게 되면 한국의 미래가 불확실해진다.

"하지만 쥐덫으로 들어가게 몰기는 해야겠지요."

노형진은 시계를 힐끔 보며 말했다.

"과연 홍안수가 얼마나 버틸 수 있을지 모르겠네요."

"소대장님, 이게 뭔 짓입니까, 지금?"

노형진과 시민군은 물류의 이동을 막지 않았다.

사실 그 덕분에 서울은 거의 텅 빈 상태였다.

대부분의 시민들이 대피하기 위해 서울에서 이탈한 것.

그거야 문제가 안 된다.

시민들은 지방이나 주변 도시로 물러났고 그들에 대한 안전은 보장되었다.

그러나 그건 어디까지나 민간인에 대한 대우다.

상식적으로 언제 전쟁이 터질지 모르는 곳에 들어가려고 하는 사람은 없다.

더군다나 민간인도 없으니 배달하거나 할 일도 없다.

결과적으로 서울의 내부에는 일부 지역을 제외하고는 군

대만 남았는데, 그게 홍안수 측에게는 가장 큰 문제였다.

"우리가 강도입니까?"

"씨발, 나도 몰라. 돌겠다, 진짜."

친위 쿠데타 세력은 단시간 내에 권력을 잡고 안정화시키려고 했다.

쿠데타는 대부분 그렇게 이루어진다.

그럴 수밖에 없는 게, 전투가 문제가 아니라 보급이 문제이기 때문이다.

군은 절대 생산하는 조직이 아니다.

오로지 소비만을 하는 조직이며, 군이 생산 활동에 종사하는 경우는 홍수 같은 비상사태가 벌어졌거나 북한처럼 아예 경제가 작살났다는 걸 의미한다.

더군다나 서울에 몰려든 8개 부대는 가지고 올 수 있는 물자가 한정되어 있었다.

전쟁은 예로부터 보급에서 시작되고 보급에서 끝난다고 한다.

이동해 온 부대에 당연히 충분한 식량이 있을 리가 없다.

보급 부대는 당연히 들어올 수가 없다.

일단 지지 세력 중에 보급 부대가 없으니까.

설사 있다고 해도, 서울이 포위된 상황에서 다른 부대를 뚫고 서울에 보급하는 건 불가능하다.

그렇다 보니 군부대는 다른 방법으로 식량을 확보해야 했다.

그리고 그 답은 뻔했다.

"우리, 한국군 맞습니까?"

좋게 말하면 임시 징발, 하지만 대놓고 말하면 약탈.

빈 가게의 문을 따고 들어가서 물건을 가지고 나오는 것이다.

문제는 그나마도 오래 버티지 못한다는 거다.

1개 사단은 보통 2만 명 정도의 숫자를 가진다.

그러니 8개 사단이면 16만 명이다.

물론 정확하게 맞는 숫자는 아니고 그보다는 좀 더 적겠지만, 그 정도 인원이면 하루하루 먹는 식량의 양도 어마어마하다.

더군다나 많은 수의 사람들이 서울을 떠났지만 여전히 민간인이 남아 있는 곳이 있다.

그들도 먹을 걸 비축해야 하기 때문에 거의 대부분의 상점은 물건이 싹 나가 있는 상황이었다.

그렇게 비축해 놓았던 사람들이 그대로 식량을 놓고 서울을 떠나기도 했지만, 개개인의 집을 다 털 수 있는 것도 아니고 말이다.

"나도 모르겠다."

소대장은 고개를 절레절레 흔들었다.

상식적이지 않은 명령에도 상부에서는 무조건 복종만을 요구하는 상황.

병사들은 불만으로 가득하지만 군이라는 특성상 아래에서

반기를 드는 것은 거의 불가능에 가까웠다.

사실 군에서 첫 번째로 치는 것은 다름 아닌 상명하복이다.

거기에다 잘못된 것을 지적하는 것에 대해 군 내부에서는 조직을 망치는 행위로 인식하도록 세뇌하기 때문에, 반기를 들기는커녕 어디서 불만도 이야기하지 못하는 게 현실이다.

실제로 나라님도 없으면 욕하는 게 세상이라지만, 군형법상 병사들이 중대장이 없는 곳에서 중대장을 욕한 것을 가지고 중대장은 그들을 상관 모욕죄로 처벌하기도 했다.

"소대장님, 이식중 이병 문제는 어쩔 겁니까?"

"하아, 씨발."

이식중 이병. 자대에 온 지 얼마 안 된 병아리였다.

원래대로라면 이 시기에 병아리 견장을 달고 잘 보살펴야 하는데 상황이 이 지경이니 제대로 돌아가는 게 없었다.

그런데 그 와중에 하필이면 저쪽에서 이식중 이병의 가족이 나와서 방송해 버렸다.

그렇잖아도 흔들리는 병사들 사이에서 이식중은 크게 흔들렸고, 밤에 몰래 탈출하려다가 결국 잡히고 말았다.

그리고 위에서는 고작 이등병을, 적전 탈영이라 하면서 총살을 요구하고 있었다.

그나마 다행인 것은 상황이 상황인지라 군 재판부도 제대로 안 돌아가서 아직은 죽지 않았다는 정도?

"질 것 같으면 그런 애들 싹 죽이는 거 아닙니까?"

"설마."

"소대장님, 설마가 사람 여럿 잡았습니다."

상병급 병사의 말에 소대장은 입술을 깨물면서 시선을 돌렸다.

"일단 여기 물건은 다 꺼낸 것 같으니까 다른 곳으로 가자."

"네."

대형 마트는 이미 싹 털었고 이제는 작은 편의점들마저 털어야 하는 상황.

그들이 막 다른 곳으로 떠나려고 할 때 바깥쪽에서 소란이 일었다.

"이 도둑놈들아!"

"전시법에 따른 징발이라니까요!"

"개소리하지 마라! 그거 내놔!"

"이런 쌍!"

허둥지둥 달려가 보니 다른 소대가 편의점 하나를 털고 있었다.

그런데 그 편의점에는 주인이 있었던 모양이다.

"이런 종이 쪼가리 주면서 뭐? 징발? 개소리하지 마!"

편의점 주인은 바닥에 군표를 집어 던졌다.

군표란 돈 대신에, 군대에서 일단 임시로 징발했으니 나중에 그 돈을 변제하겠다고 주는 것이다.

일단 상부에서는 돈이 없으니 그걸로 물건을 사 오라고 한

이것이 망이다

것이다.

문제는 제대로 된 가치 산정도 없이 군표를 대충 던져 주고 끌어내는 것이었다.

그나마 빈 곳은 군표만 두고 나와도 상관없지만 이런 곳은 그게 될 리가 없었다.

"그건 우리 가족들이 먹을 거다!"

아무래도 편의점 위층에 살면서 아래층에서 영업하는 모양인데, 군대가 강제로 문을 부수고 들어오니 다급하게 내려와 본 듯했다.

"야, 이 인간 끌어내! 저기 안에다 묶고, 우리는 이거 가지고 간다!"

하사관 한 명이 짜증스럽게 말하자 보고 있던 소대장이 소리를 버럭 질렀다.

"이 하사! 뭐 하는 거야!"

"아…… 충성. 명령에 따라 징발하는 중입니다."

"민간인에게 일절 피해를 주지 말라고 했을 텐데?"

"하지만 자꾸 저항하니까……."

하사는 눈치를 보면서 입을 다물었다.

저항하던 주인의 눈에는 벌써 멍이 들어 있었다.

"돌려드리지 못해?"

"하지만……."

"돌려드려! 군인이 민간인에게 피해를 줄 수는 없다!"

"소대장님, 위에서 말이 나왔습니다. 우리 중대가 실적이
제일 적다고…….."

"우리가 도둑이야? 우리는 군대야!"

결국 눈치를 보던 하사관은 눈짓으로 돌려주라고 했고, 트
럭에 짐을 올리던 병사들은 식자재를 다시 편의점으로 집어
넣었다.

"이 하사, 이따가 잠깐 이야기 좀 하지."

"알겠습니다."

"오늘 수거는 여기까지 한다. 모두 돌아가."

소대장은 그렇게 말하고는 한숨을 쉬었다.

상황이 너무 좋지 않게 돌아가고 있었다.

⚖️

"아까는 죄송했습니다, 소대장님."

"아니야. 자네도 이해해. 하지만 우리가 할 것과 하지 말
아야 할 것은 지켜야지."

"하지만 상부에서…….."

이 하사의 말에 옆에 있던 하사관들은 다들 고개를 끄덕거
렸다.

윗선 몰래 모인 하급 지휘관들. 그들은 심각한 표정을 하
고 있었다.

"현 상황에서 식량은 아껴 먹어도 사흘? 나흘? 그 정도밖에 안 됩니다."

보급 참모가 진지한 표정으로 말했다.

"상부에서는 각 중대별로 알아서 식량을 확보하랍니다."

"그게 뭔 개소리야, 진짜?"

"서울 시내에서 식량이 나올 리가 없으니까요. 그나마 수도방위사단의 창고를 털었지만 그마저도 많이 부족합니다. 그쪽 식량은 청와대 쪽으로 들어갔다고 하더군요."

"씨발."

하사관들은 불만이 가득한 표정으로 욕을 내뱉었다.

"그냥 이렇게 있을 수는 없습니다."

그때 누군가가 말했다.

"그러면 반기를 들어야 한다는 겁니까?"

"그래야지요."

"하지만 그건 군법상……."

"군법이 멀쩡했으면 애초에 생계형 비리도 저지르지 말았어야지."

말 그대로 촌철살인이었다.

군법이 멀쩡하지만, 장군들이 수백억을 횡령해도 결국 생계형 비리라고 처벌도 안 받는 게 현실이다.

"후우."

그 순간, 조용히 듣고 있던 상사 한 명이 끼어들었다.

"이보게들."

"네, 말씀하십시오."

상사쯤 되면 군에서 짬밥이 어마무시하기 때문에 아무리 하사관 라인이라고 해도 존대해 주는 게 맞다.

그랬기에 대부분 시선을 그에게 돌렸다.

이어 그의 입에서 나온 말은 모두의 가슴을 덜컹하게 만들었다.

"여기 군대가 어떤 곳인지 모르고 온 사람 있나? 인터넷에서만 찾아봐도 얼마나 엿 같은 곳인지는 알잖나?"

"그거야 그렇습니다만."

"그래, 그거야 그렇지. 죽는 거야 문제가 안 돼. 사실 군대뿐만 아니라 다른 곳도 다 엿 같기는 마찬가지야. 하지만 말일세."

상사의 무거운 말이 나직하게 이어졌다.

"최소한 우리 자식들이 매국노 소리는 안 들어야 하지 않겠는가."

"……."

"우리가 죽는 거? 군인이면 각오해야 하는 일이지. 전쟁이 터지면, 우리 아니면 누가 죽겠나? 하지만 말이야, 우리가 죽는 이유가 뭔가? 내 자식 잘 먹고 잘 살게 하려는 거 아닌가! 충성? 애국? 미안한데 나한테는 부차적인 문제야. 윗대가리 좆같은 거 알지만 군에 있는 이유도, 내 자식 잘 먹고 잘 살게 하려는 거고."

"그렇지요."

"그런데 우리가 여기서 버티면 어떻게 되겠나?"

"끄응······."

패배는 피할 수 없다. 그건 무섭지 않다.

패배가 무섭다면, 군에 와서는 안 되는 사람이다.

"우리가 여기서 죽으면 무슨 일이 벌어지겠는가?"

그들은 공식적으로 쿠데타 세력이다.

즉 반군이고, 반군으로서 국가의 그 어떤 혜택도 받을 수
없다.

당연히 쿠데타를 일으켰던 사람들의 자식들 역시 공격받
게 된다.

"우리는 친일파를 한번 겪었지."

그리고 그 친일파를 끝끝내 숙청하지 못해서 일본의 스파
이가 대통령이 되는 황당한 일까지 벌어졌다.

그렇다면 이후에는 어떤 일이 벌어질까?

쿠데타가 실패하면 당연히 대대적인 숙청이 시작될 것이다.

"우리도 그렇게 되겠지. 우리야 상관없지만, 자식은 어쩔
건가?"

당장 지금도 할아버지가 북한군이었거나 월북했다거나 하
는 사람들은 알게 모르게 차별을 받고 있다.

일반적인 사회생활 자체는 가능하지만, 육사만 해도 할아

버지가 월북했다는 이유로 입학을 거부당하는 사람들이 수두룩하다.

"자네들, 매국노의 굴레를 자식들에게 씌울 건가?"

"상사님."

병사들이야 어쩔 수 없다고 하지만 자신들 같은 장교들은 분명 그 책임을 물어야 한다.

그게 현실이다.

"군에서는 잘못된 명령에 대해서는 불복종할 수 있네. 그리고 지금 상황은 분명 잘못된 거야."

"그러면 상사님 말씀은?"

"우리가 뒤집어야지."

하사관들은 눈짓을 주고받았다.

보아하니 그들은 이미 어느 정도 이야기가 끝난 것 같았다.

'흠…….'

소대장들과 중대장들은 심각한 표정이 되었다.

사전에는 이런 이야기가 없었다.

하지만 하사관들이 나선 이상 자신들도 선택을 해야 한다.

만일 하사관들이 나선다면 그들이 병사들을 설득할 텐데, 병사들이 어떤 선택을 할지는 사실 너무 뻔했다.

"방법이 있습니까?"

"방법이라는 게 뭐가 있겠나?"

상사는 어깨를 으쓱했다.

"대대장이랑 개인 면담을 해야지."

그렇게 서울의 친위 쿠데타 세력 내부에서 분열이 시작되었다.

⚖️

"뭐라고?"

홍안수는 하룻밤 만에 벌어진 상황에 멘탈이 나가 버렸다.

"일부 부대가 밤사이에 반란을 일으켰습니다. 47사단 같은 경우는 사단장을 현장에서 체포하고 이쪽으로 총부리를 돌렸습니다."

"다른 곳은? 다른 곳은!"

보고하던 국방부 장관은 침을 꿀꺽 삼켰다.

"다른 곳은 47사단 정도는 아니지만 상당수 병력이 이탈했습니다. 점점 병력이 줄어들고 있습니다. 일부는 아예 반군 세력에게 넘어가서……."

결국 진 싸움이라는 거다.

총 한 발 쏴 보지 못하고 결국 부대가 와해되기 시작한 것.

어찌 보면 당연한 거다.

아무리 국군통수권자라고 하지만 그가 사실 일본의 스파이고 일본에다가 국가 기밀을 넘겼다는 사실이 알려진 마당에 누구도 따르지 않을 테니까.

"일본은?"

방법은 하나뿐이다. 일본 자위대가 와서 한국군을 싹 쓸어 버리는 것.

물론 그건 불가능하다.

해전도 아닌 지상전에서 한국군이 일본군에 진다는 건 미국이 북한과의 지상전에서 지는 것만큼이나 불가능한 일이다.

하지만 유일한 희망이기도 했다.

그러나.

"일본에서는 파병은 불가능하다고……."

"뭐라고! 우리가 일본을 위해 얼마나 노력했는데!"

"각하…… 하지만……."

스파이들은 말을 할 수가 없었다.

공식적으로 스파이들은 존재하지 않는다.

아무리 확고한 증거를 들이밀어도, 공식적으로 스파이의 존재는 인정할 수가 없다.

실제로 현 상황에서 스파이의 존재를 인정하면 그건 일본의 한국 침략을 인정하는 셈이 되며, 또 일본의 평화 헌법을 부정하는 셈이 된다.

"큭……."

"일단 도피해야 합니다, 각하. 안전한 곳으로 가셔서 추후를 대비해야 합니다."

"어디로?"

"일본으로 가야 합니다. 이미 비밀 통로가 준비 중입니다."

한 부대가 와해됐다고 거기를 다른 부대가 메꾸는 것으로 해결되진 않는다.

그쪽을 통해 병력이 들어오기 시작하면 다른 부대는 후방에서 공격당할 수도 있다.

당연하게도 다른 부대들 역시 무서운 속도로 와해될 수밖에 없다.

그들이 아직 모를 뿐, 실제로 다른 부대 내부에서는 병사들과 하위 장교들이 영관급이나 장군들을 체포하면서 부대를 뒤집고 있는 상황이었다.

한번 시작되자 이에 용기를 얻은 부대들이 하나둘씩 움직이기 시작하는 것.

"하지만……."

홍안수는 움찔했다.

자신이 그동안 누린 모든 것을 두고 갈 수가 없었다.

그 순간.

탕! 탕! 탕!

바깥에서 들리는 총소리.

그리고 그 총소리와 함께 들어온 남자.

국정원장이었다.

"각하! 큰일 났습니다!"

"뭐? 큰일? 무슨 큰일?"

"201특공여단이…… 갑자기 나타났습니다."

"뭐라고? 그게 무슨 개소리야? 방어선에 구멍 난 지 얼마나 지났다고!"

"모르겠습니다. 아마도 헬기 강습 같은데……."

"아차!"

애초에 201특공여단은 헬기 강습 부대다.

다만 헬기가 없을 뿐이다.

육군 헬기 부대가 강습을 지원하는 거지, 특공여단이 헬기를 보유한 건 아니니까.

하지만 지금 상황은 이미 다른 부대가 들고일어난 상황.

그리고 방어선이 무너졌다는 건 대공화기 장병들 역시 헬기를 방치한다는 소리다.

"당장 피하셔야 합니다."

"어서! 빨리!"

그사이에도 계속 들려오는 총소리.

홍안수의 얼굴이 시뻘건 색으로 변했다.

"교전 중인 건가?"

"그건 아닙니다. 현재 201부대는 청와대를 포위하고 항복을 요구 중입니다. 아직 교전은 없습니다."

"빨리 움직여! 빨리!"

다급하게 움직이는 홍안수와 스파이 무리.

그들은 지하의 비밀 통로를 통해 벗어났다.

잠시 후 그들이 도착한 곳은 인왕산에 있는 헬기장이었다.

사람들에게는 알려지지 않은 곳으로, 청와대의 비밀 통로만을 통해 접근할 수 있었다.

그리고 만일에 대비해서 항시 헬기가 한 대 대기하는 곳이었다.

"오산 비행장에 비행기를 준비해 놨습니다."

홍안수가 헬기에 타자 다급하게 같이 타려고 하는 장관들.

그런 그들을 홍안수가 갑자기 밀어냈다.

"너희가 왜 타?"

"네?"

"너희가 왜 타냐고! 이건 대통령 전용기야!"

"하지만 각하……."

"너희는 차 타고 와. 여보, 어서 올라타."

자기 가족들만 태우는 홍안수.

차 타고 오라는 말은 그냥 여기서 죽으라는 소리다.

"빨리 이륙해."

"하지만…… 아직 자리가……."

분명 아직 태울 수 있다.

헬기 조종사는 그 부분을 말하려고 했지만 홍안수는 단호했다.

"빨리 이륙하라고!"

"네…… 네, 각하."

조종사는 어쩔 수 없이 헬기를 이륙시켰고, 뒤에 남은 장관들은 멍하니 떠오르는 헬기를 올려다보았다.

그때 뒤에서 번쩍이는 빛이 비치기 시작했다.

"저기 있다."

"모조리 체포해!"

"젠장…… 홍안수 이 개새끼 어디 있어!"

뒤늦게 도착한 201부대원들은 장관들을 체포하면서도 도망가 버린 홍안수에게 이를 박박 갈았다.

"충성."

"빨리 가세."

"어디로 갈까요?"

"일본으로 향해."

홍안수는 헬기장에서 내리자마자 바로 대기 중이던 비행기로 옮겨 탔다.

"다른 분들은?"

"안 오니까 이륙해."

"알겠습니다."

조종사는 더 이상 묻지 않았다.

그저 자기 자리로 가서 시동을 걸고 비행을 준비할 뿐이었다.

이것이 법이다

"젠장! 젠장! 내가 어쩌다가……!"

한국의 대통령. 최고의 권력자였던 그가 결국 친위 쿠데타에 실패하고 도망가게 된 것이다.

성공했다면 죽는 그 순간까지 한국의 최고 존엄으로 살았겠지만 이제는 끝장난 거다.

"씨발…… 일본에서 뭐든 해 줘야 할 거 아냐."

하지만 일본은 모른 척했다.

전면전까지 가게 되는 건 부담스러웠던 것이다.

"여보, 이제 어떻게 되는 거예요?"

"일단 일본에 망명하고, 거기에서부터 문제를 해결하자고."

홍안수는 의자 등받이에 깊이 몸을 묻으며 말했다.

"미국만 설득하면 되는 거야. 미국만 설득하면, 충분히 이길 수 있어."

그는 그렇게 되기를 원하면서 나지막하게 중얼거렸다.

하지만 그의 그런 소원은 이루어질 수가 없었다.

"가…… 각하……."

어느 틈엔가 다가온 부조종사. 그는 얼굴이 창백했다.

"무슨 일인가?"

"한국으로 돌아가셔야 할 것 같습니다."

"뭐? 무슨 개소리야! 내가 왜 한국으로 가!"

한국으로 가면 내란죄로 무조건 사형선고다.

다행히 사형이 없는 나라지만 공식적으로 없는 게 아니라 그저 집행하지 않을 뿐인지라, 그냥 안심하고 돌아갈 수는 없다.

"공군이 F15편대를 보냈습니다. 현재 여덟 대의 전투기에 포위되었습니다."

"뭐!"

홍안수는 혼이 나간 듯한 표정이 되었다.

공군은 지금까지 중립을 지켰다.

지금까지는 말이다.

사실 공군은 중립을 지키고 싶어서 지킨 게 아니다.

공군은 기본적으로 공대공이나 공대지 공격만 가능하다.

공대지 공격은 당연히 정밀 타격이 아니다.

그게 가능하기는 하지만, 위력이 너무 강해서 진짜 실전에서만 가능한 일이다.

그런 상황에서 홍안수가 스스로 하늘로 올라왔으니 먹잇감이 스스로 입안으로 들어온 셈이다.

"각하, 이 수송기로는 그들을 떨쳐 낼 수 없습니다. 5분 내에 기수를 돌리지 않으면 미사일을 발사하겠답니다."

홍안수는 눈을 질끈 감았다.

⚖️

홍안수의 파멸은 그렇게 갑자기 이루어졌다.

계엄령을 선포하고 군의 일부를 동원한 것은 좋았으나 안전을 위해 친위 쿠데타를 통해 독재 정권으로 바꾸려던 그의 계획은 실패한 것이다.

그와 관련이 있던 자들은 모조리 잡혀 들어갔고, 그가 세웠던 계획들과 정치는 원점에서부터 재검토가 들어갈 예정이었다.

물론 그 이전에 가장 중요한 것은 새로운 대통령의 선발이었다.

"아주 개판이야."

"원래 그런 겁니다."

홍안수의 탄핵은 만장일치라는 확실한 답을 만들어 냈다.

그동안 홍안수가 자유신민당으로 당적을 옮기고 그들과 함께했지만, 아무리 자유신민당이라고 해도 일본 스파이에 내란 혐의까지 있는 홍안수에게 실드를 쳐 줄 수는 없었다.

그래서 홍안수는 탄핵이 바로 결정되었고 현장에서 체포되어 즉각 감옥으로 끌려갔다.

사실 여기까지는 문제가 안 되었다.

문제는, 홍안수라는 적이 사라지고 나자 홍안수를 몰아내기 위해 힘을 합했던 사람들이 죄다 너도나도 파벌을 갈라서 싸우기 시작한 것이다.

당장 자유신민당은 홍안수가 사라지기 무섭게 북한 타령을 하면서 북한이 이번 사태에서 공격하려고 했다는 주장을 해 댔다.

그럼 그나마 민주수호당은 멀쩡하냐?

그것도 아니다.

그렇잖아도 수적으로 불리한 민주수호당은 네 개 파벌로 나뉘어서 저마다 다음 대통령 후보를 미느라고 정신이 없었다. 막말로 다음 대통령 후보는 개새끼가 나와도 될 판국이니까.

"박선학 권한대행은 뭐랍니까?"

"그 양반? 그냥 멘탈 나갔어. 어이가 없을 만하지. 사실 찬밥데기 장관 아닌가?"

비상시, 즉 대통령 사망 등의 상황에 그 자리를 메꾸기 위해 대통령 권한대행이 존재한다.

국무총리에서부터 각 부서의 중요도에 따라 각 부처 장관이 한 명씩 내려오면서 권한대행을 하게 된다.

"솔직히 이런 말 하긴 그렇지만, 중소벤처기업부가 한국에서 좋은 부서는 아니지 않나?"

"그렇지요."

원래는 총리부터 시작되는 권한대행인데 여기서 문제가 생겼다.

홍안수라는 존재 자체가 일본에서 보낸 스파이인데 장관들은 과연 스파이가 아니겠느냐는 것이다.

애초에 장관을 선임하는 것은 대통령의 권한이다.

그래서 조금씩이라도 조사해 보니 온갖 의심스러운 정황이 튀어나와서 줄줄이 체포당하기 시작했다.

서열 9위까지는 같이 탈출하려다가 잡혔고, 나머지도 다급하게 도망가려다가 체포당했다.

그 결과, 유일하게 남은 게 맨 마지막 서열인 중소벤처기업부의 장관이었다.

"일이 참 웃겨."

원래 비상사태를 대비하기 위해 대통령 권한대행 서열에 있는 사람들은 모두 한곳에 있을 수가 없다.

돌아가면서 최소한 한 명이라도 다른 곳에 있어야 한다.

그걸 핑계로, 비상사태가 발생하자 홍안수는 자기 사람들을 다 불러들이면서도 찬밥이었던 중소벤처기업부는 따로 부르지 않은 것이다.

사실 중소벤처기업부가 다른 곳에 비하면 파워가 무척 약하다.

다른 곳은 다 직접적 권력과 금력 또는 무력이 닿아 있지만, 중소벤처기업부는 말 그대로 작은 회사들과 벤처 회사들을 지원하기 위해 만들어진 부서다.

그렇다 보니 딱히 권력을 가질 힘이 부족했다.

거대 기업 같은 경우는 중소벤처기업부가 아니라 산업통상자원부에서 관리하니까.

그렇다 보니 멋모르고 혼자 있다가 졸지에 대통령 대행이 되어 버린 것이다.

"그다지 문제가 없는 것도 사실이고."

물론 그를 추천한 것이 자유신민당이기는 하지만, 부서 자체가 힘이 없어서인지 홍안수도 거기에 스파이를 심어 둘 생각은 하지 않아 그 부분에 대해서는 깔끔했다.

심지어 그는 일본 여행도 한번 가 본 적이 없는 사람이었으니까.

"아마 다음 선거는 개판이 될 겁니다."

"누가 될 것 같나?"

"우리가 누구를 밀어주느냐에 따라 달라지겠지요."

새론과 노형진은 홍안수가 스파이라는 걸 알아내는 데 가장 큰 공을 세웠다.

"만일 우리가 누군가가 깨끗하다고 하면 당연히 표가 쏠릴 겁니다."

"우리가 캐스팅보트를 쥐고 있는 거군."

"캐스팅보트요? 천만에요."

노형진은 어깨를 으쓱하며 부정했다.

"전 민주주의를 믿는 사람입니다."

"무슨 소리인가?"

"선택은 우리가 아니라 국민들이 하는 겁니다. 물론 우리가 검증은 해 줄 수 있습니다. 다른 기업이나 정치 당략과 상관없이, 진짜 순수하고 깨끗하게요."

"아!"

"열 명이든 백 명이든, 온다면 누구든 검증해 주고 깨끗한 사람이라고 인정해 줄 수 있습니다."

노형진은 그렇게 말하며 씩 웃었다.

"온다면 말이지요."

"과연 올까?"

마이스터와 미다스의 정보력은 미국 이상이라고 한다. 그걸 아는 정치인들이 과연 이들에게 와서 검증받을까?

대통령 선거인 이상 추문의 공개는 확정적인데?

"그건 두고 봐야지요, 후후후."

진짜 나라를 걱정하든가, 아니면 속일 수 있다고 생각하든가 둘 중 하나일 테니까.

"우리는 기다리면 될 뿐입니다."

그리고 새로운 대통령은 국민이 뽑으면 될 뿐이다.

일본의 반격

"뭐? 신동하가 잡혀갔어?"

유민택은 갑작스러운 보고에 자리에서 벌떡 일어났다.

신동하는 대동의 싸움에서 핵심적인 위치에 있는 사람이다.

그동안의 노력으로 대동은 분열을 겪고 있으니 무난하게 세 개로 나뉠 거라 생각하고 있었다.

그게 다 신동하가 급속도로 성장하면서 가능해진 일이었다.

만일 세 개로 나뉜다면 대룡도 그들과 싸울 만해지고 또 그들의 세력도 약해지기 때문에 어렵지 않게 이길 수 있을 거라 생각했다.

그런데 신동하의 체포는 생각하지 못한 변수였다.

"아니, 왜?"

"저도 모르겠습니다. 일본의 검찰이 신동하의 집에서 그를 강제로 끌어냈다고 합니다."

"변호사는?"

"그게…… 변호사가 만나지 못하고 있습니다."

"뭐?"

"변호사뿐만 아니라 누구도 만나지 못하게 막고 있습니다. 현재로써는 신동하와 접촉할 방법이 없습니다."

쾅!

유민택은 너무 어이가 없어서 책상을 쾅쾅 두들겼다.

"지금 그걸 말이라고 하는 거야! 신동하가 잡혀갔는데 이유도 모르고 접촉도 못 하고 심지어 변호사도 못 만난다는 게 말이나 돼?"

"일본 검찰 말로는 경제사범이라는데…… 정확한 죄목은 이야기를 해 주지 않고 있습니다."

"그게 말이나 된다고 생각해? 일본에 있는 정보 팀은 뭐 하는 거야!"

유민택은 화가 나서 소리 질렀다.

만일 신동하가 여기서 나가떨어지면 그동안 일본과 대동에 한 모든 공작이 쓸데없는 짓이 되어 버린다.

그렇잖아도 요즘 일본이 위험한 짓을 하려고 하는 중인데 그 와중에 신동하의 부재는 치명적이다.

"정보 팀의 잘못이 아닙니다."

때마침 문이 열리면서 들어온 노형진이 흥분한 유민택을 진정시키며 말했다.

"오, 노 변호사! 그게 뭔 소리야? 정보 팀 잘못이 아니라니? 물론 체포한 게 일본 검찰인 건 알고 있네. 하지만 그렇다고 해서 죄목도 없이 잡아간다는 게 말이나 되나?"

노형진은 보고하던 비서관에게 눈짓했다.

그러자 비서관은 조심스럽게 유민택을 바라보았다.

노형진이 나가 달라는 의사를 표현했지만 자신의 상관은 유민택이니까.

유민택 역시 손을 휘휘 젓자 비서관은 고개를 숙여 인사하고는 바깥으로 나갔다.

"어차피 저 사람이 여기에 있어 봐야 욕만 먹으니까 우리끼리 이야기하지요."

"욕먹을 만하지! 멍청하게 행동하고 있지 않나? 아니, 왜 잡혀갔는지도 모른다는 게 말이나 되나?"

노형진은 고개를 흔들었다.

"말이 됩니다. 현실적으로 말씀드리면 이건 아무리 정보 팀이라고 해도 몰랐을 겁니다."

"뭐라고? 자네는 뭐를 들었나?"

"아니요. 저도 듣지 못했습니다. 제가 예상했어야 하는데 말이지요. 실수한 건 접니다."

"실수? 무슨 실수? 자네가 실수한 게 뭐가 있어?"

노형진은 한숨을 쉬면서 소파를 권했다.

흥분해서 서성거리던 유민택은 소파의 상석으로 자리를 잡았다.

그 옆에 자리를 잡은 노형진은 진지하게 말했다.

"셋업 범죄라고 아십니까?"

"셋업 범죄?"

"그렇습니다."

"그거야 알지. 동남아에서 종종 일어나는 사건 아닌가?"

셋업 범죄란 없는 죄를 만들어서 뒤집어씌우는 것을 말한다.

특히 동남아에서 한국인을 대상으로 그러한 범죄를 많이 저지르는데, 불법적인 물건을 검색하는 척 한국인의 가방에 넣어 두고는 그걸 핑계로 돈을 뜯어내는 것이다.

노형진은 그 사건을 몇 번 봤고 실제로 그걸 해결하기 위해 극단적인 방법을 쓰기도 했었다.

그 덕분에 지금은 많이 사라졌지만 말이다.

"지금 이 상황에서 그 이야기가 왜 나와?"

"일반적으로 셋업 범죄는 하위 계급의 경찰들이 돈을 뜯어내기 위해 하는 행동입니다."

"그거야 알지."

"하지만 때로는 국가 단위에서 이루어지기도 하지요."

"뭐?"

"단순하게 생각해 보십시오. 한국에도 그런 셋업 범죄는 많았습니다. 당장 간첩 조작 사건도 엄밀하게 말하면 셋업 범죄입니다."

유민택의 눈썹이 파르르 떨렸다.

"지금 신동하가 잡혀간 게 그런 거란 말인가?"

"그렇습니다. 그러니까 검찰도 제대로 말도 못 하고 두루 뭉술하게 이야기하는 겁니다. 정확한 죄목으로 특정되지 않으니까요."

"말도 안 돼. 그래도 일본은 민주주의국가 아니었나?"

"일본은 민주주의국가가 아닙니다. 사실상 독재국가죠. 제가 실수한 게 그겁니다. 일본은 국가 단위에서의 셋업 범죄가 생각보다 많거든요."

정상적인 국가라면 그런 일은 벌어질 수가 없다.

하지만 일본은 그렇지 않다.

일본은 국가 단위에서 사건을 조작해서 뒤집어씌우는 것이 생각보다 흔한 나라다.

"국가 단위의 셋업 범죄라고?"

"한국에서도 있는 일인데 다른 나라라고 없겠습니까?"

심지어 미국도 뒤져 보면 분명 나올 것이다.

셋업 범죄, 즉 없는 죄를 뒤집어씌우는 행동은 무척이나 정치적인 행동 중 하나다.

만일 어떻게든 엮어서 퇴출시키면 자신의 정치적 정적을 해치워 버릴 수 있고, 설사 실패한다고 해도 정치적으로 이

미지에 타격을 가할 수 있다.

"당장 검찰에서 우리한테 한 것도 셋업 범죄죠."

"큭."

검찰이 노형진과 유민택에게 죄를 뒤집어씌우려고 한 것도 결국 그러한 맥락의 일이었다.

셋업 범죄라고 하면 보통 하위직의 범죄를 생각하기 쉽지만, 웃기게도 안정화된 나라일수록 상위직에서 하는 성향이 강하다.

"거기에다가 일본은 사법이 특수합니다."

일본의 경우는 한국과 다르게 사법이 철저하게 정치에 예속적인 특징을 가진다.

"그리고 일본은 수사할 때 인질 사법을 쓰거든요."

"인질 사법?"

"지금처럼 철저하게 고립시키고 말려 죽이는 방식입니다."

"그게 가능한가? 아니, 변호사도 못 만나게 한다고?"

"일본 사법 시스템의 맹점입니다. 한국이나 미국과는 다르지요."

한국이나 미국은 범죄자에게 최소한의 방어 기회를 준다.

범죄자를 처벌하는 것과 최소한의 방어 기회를 주는 것은 전혀 다른 문제다.

아무리 강력 범죄자라고 해도 방어의 기회는 가져야 하며, 그게 논파되고 그의 범죄가 확실해진다면 그 처벌을 제대로 하는 게 사법이 제대로 서는 일이다.

한국은 범죄자를 체포할 때 미란다원칙, 즉 범죄자의 방어권에 관한 법칙에 대해 고지하는 게 중요 사항이며 미국 같은 경우는 제대로 고지되지 않은 경우 죄의 여부와 상관없이 석방 대상이 된다.

"하지만 일본은 아닙니다. 일본 같은 경우는 그게 제대로 정착되지 않았습니다."

미란다원칙을 고지하지 않았어도 일본의 재판에서는 거의 상관없는 일이다.

"심지어 사건의 수사 방식에도 허점이 많지요."

가령 한국과 미국 등에서 피의자가 변호사를 요구하는 것은 당연하며 이는 피의자의 최소한의 권리다.

하지만 일본에서 피의자가 변호사를 만나기 위해서는 법원의 허가가 필요하다.

심지어 다른 나라와 다르게 구속영장을 무한대로 연장할 수 있다.

그러니까 필요하다면 재판도 없이 구속이라는 이름으로 종신형까지 때릴 수 있는 게 일본의 사법 구조다.

"뭐 그래? 그게 무슨 민주주의국가란 말인가!"

"전에도 말씀드렸다시피 일본은 민주주의국가가 아닙니다."

"으음……."

노형진의 말을 듣고서야 유민택은 상황이 이해가 갔다.

대동은 일본에서 아주 중요한 기업 중 하나다.

몰락해 가는 일본에서 해외에서도 성장하는 몇 안 되는 기업 중 하나고, 특히나 일본이 철천지원수라 생각하는 한국에서도 빠르게 성장했던 기업이다.

노형진이 시즈미유통을 이용해서 일본의 시장을 공략하듯이 일본이 일본의 상품을 한국으로 보내 공략할 때 주로 쓰이는 라인이 바로 대동이었다.

"그런 대동의 분열은 일본 입장에서는 심각하게 받아들여질 겁니다."

더군다나 지금 한국은 반일 감정이 어느 때보다 심각한 상황.

그런 상황에서 일본은 대동의 분열을 그냥 두고 볼 수는 없을 것이다.

"만일 그렇게 된다면 대룡과 저에게 하나씩 각개격파당할 가능성이 높으니까요."

"그러니까 그걸 막기 위해서 신동하를 체포한다?"

"맞습니다. 하지만 이유가 그것만은 아닐 겁니다."

신동우와 신동성은 기본적으로 친일이다.

따라서 둘 중 누가 회장이 되든 일본 입장에서는 아무 상관 없다. 둘 다, 회장이 된다면 한국 공격의 첨병이 될 테니까.

"하지만 신동하는 아니죠."

그는 반일이며 한국의 일본 공격의 첨병이다.

그렇잖아도 전 세계 시장에서 밀리고 있는 일본 입장에서는 심각한 문제일 수밖에 없다.

"실제로 이미 일본의 영화 산업은 작살이 난 상황이니까요."

노형진의 문화 공략 이후에 일본의 문화 산업은 사정없이 흔들리고 있다.

애니메이션 쪽은 그나마 원래 강국이라 큰 타격이 없지만, 영화 같은 경우는 거의 죽어 있던 상황에서 한국의 자본과 시나리오가 들어오면서 기존 영화 시장은 거의 박살 나다시피 했다.

문화를 지배하는 자가 미래를 지배한다는 말이 있을 정도로 문화는 중요하다. 점점 고사하는 일본의 문화는 일본 정부를 다급하게 만들었고, 그 때문에 그들은 어떻게 해서든 외부에서의 공격을 막아야 했다.

"그리고 그 최선봉이 바로 신동하죠."

"으음……."

대동을 지킴과 동시에, 해외의 문화적 공격을 막아야 한다.

문제는 그게 쉽지 않다는 거다.

대동을 지키는 것은 자산이 바닥난 일본으로서는 힘들다.

문화 공격 같은 경우는, 아예 들어오지 못하게 막거나 일본의 문화의 발전으로 막아야 한다.

"전자를 선택하면 민주주의국가라는 일본의 허상을 박살 낼 겁니다. 문화라는 건 기본적으로 인터넷으로 퍼지는 상황이니까요."

그걸 막는 방법은 중국처럼 인터넷을 통제하는 것뿐이다.

하지만 현실적으로 그건 불가능한 상황이다.

그랬다가는 일본이 독재국가임을 인정하는 꼴이 될 테니까.

그렇다면 남은 것은 후자뿐인데…….

"문화적인 발전요? 글쎄요."

한국이 후자의 방법으로 일본의 문화를 막아 낸 나라다.

한때 일본의 문화라면 우러러보던 한국이지만 이제는 일본 문화를 따라 하는 걸 넘어서 그 이상으로 자국의 문화를 발전시켰다.

"그런데 문화의 풍부함에 필수적인 것이 바로 다양성이거든요."

문제는 이 다양성이라는 것은 인간의 다양성에서도 나온다는 거다.

우민화 정책으로 국민을 통제하는 일본 입장에서는 사람들이 많은 생각을 하고 많은 의견을 가진다는 것은 악몽 그 자체나 다름없다.

"애초에 그 방법을 쓰지도 않겠지만, 쓴다고 해도 이건 단시간 내에 훅 하고 눈에 보이는 결과가 나오는 게 아니니까요."

그러니 일본이 현재 쓸 수 있는 방법은 아니다.

그렇다면 다른 방법을 써야 하는데, 그게 바로 신동하의 체포다.

"신동하는 문화적인 부분에서도 첨병이니까요."

애초에 사업적인 부분보다 문화적인 부분에서 더 먼저 시작했고, 또 더 많은 권력을 가지고 있다.

"그래서 체포한 거다?"

"맞습니다."

합법이라는 가면을 쓰고 신동하를 체포함으로써 대동을 구하고 한국의 문화 공격에서 탈출하려는 속셈이다.

"당연하게도 신동하가 잘못한 건 없으니까 죄도 밝히지 못하지요."

물론 신동하가 일왕가에 도움을 많이 주고 그들의 오른팔 취급을 받고 있기는 하지만, 일왕가는 법적인 한계로 인해 이 일에 끼어들 수 없다.

일본의 사법에 끼어드는 것은 명백한 문제가 되기 때문이다.

"당연히 극우 세력이 신동하를 도와주지는 않을 테고요."

노형진은 심각한 표정으로 말했다.

가만히 이야기를 듣던 유민택이 걱정스러운 얼굴로 물었다.

"그러면 어쩔 생각인가? 당장 신동하와 접촉할 수도 없는데."

"모르겠습니다. 저도 이 부분은 사실 예상을 못 해서요."

노형진은 진지하게 말했다.

"하지만 최선을 다해서 방법을 찾아봐야지요."

"후우."

신동하는 독방에 있었다.

뒤쪽으로 묶여 있는 줄은 그의 몸을 좀먹고 있었다.

"끄응…… 더럽게 힘드네."

"닥쳐, 이 더러운 비국민."

그가 혼자서 중얼거리는 것조차도 교도관은 문을 두들기며 경고했다.

"한 번만 더 떠들면 독방 시간을 더 늘릴 거야."

"늘려."

"뭐?"

"늘리라고. 애초에 내게 고통을 주려고 시작한 일인 거 아냐?"

신동하의 말에 교도관이 살짝 움찔했다.

"너는 날 너무 우습게 봤어."

신동하는 자신 있게 말했다.

교도관이 크게 소리를 질렀다.

"누가 널 구해 주기라도 할 거라 생각하나? 말도 안 되는 소리!"

"그럴지도 모르지. 하지만 난 너는 생각도 못 할 바닥에도 떨어져 본 사람이거든."

물론 요즘은 풍족하게 살고 있다.

그러나 몇 년 전까지만 해도 그는 난방도 안 되는 집에서 전기가 끊겨 이불 하나 뒤집어쓰고 벌벌 떨면서 지내야 했다.

물론 자세가 불편하기는 하지만 이곳은 최소한 얼어 죽을 각오는 하지 않아도 된다.

그리고 그는 여러 가지로 배운 게 많았다.

"거기 교도관."

"뭐?"

"난 네놈 이름은 모른다. 하지만 오늘 날짜 이 시간은 확실하게 기억해 두겠어. 그걸 가지고 오늘 근무자를 확인하면 네놈의 이름이 뭔지 알게 되겠지."

교도관은 순간 말문이 막혔다.

"네놈이 생각하는 게 뭔지 알아. 난 바닥으로 떨어졌다고 생각하겠지. 그래, 일본 정부에서 날 죽이려고 하니까 그럴 수도 있지. 하지만 과연 그럴까? 만일 내가 기적적으로 여기서 나간다면, 그래서 내 자리를 찾는다면 그때 널 못 찾을 것 같아?"

"협박하는 거야?"

"협박? 천만에. 사소한 것에 네놈 인생을 걸지 말라는 거다. 정부에서 나를 죽이려고 하는 건 알겠지만, 그렇다고 해서 그게 널 보호해 준다는 의미는 아니란 말이지."

"……."

"넌 그저 병사일 뿐이야. 일이 틀어졌을 때 보호받지는 못해."

"크흠······."

교도관이 헛기침하더니, 갑자기 발소리가 들렸다.

멀어지는 소리였다.

지금까지 자세도 못 고치게 감시하던 그가 멀어진 이유야 뻔하다.

조금 편한 자세를 한다고 해도 모른 척하겠다는 거다.

"끄응, 뒈지겠네."

신동하는 그나마 조금 편하게 자세를 잡으며 한숨을 쉬었다.

"일본 정부에서 이렇게 나올 줄은 몰랐는데······. 아니, 당연한 건가? 이렇게 당한 사람이 한두 명도 아니고."

일본의 기업인들이 정권과 친한 이유는 단순히 일본의 정치인들이 사업을 밀어주기 때문은 아니다.

일본의 현실적 정치 수준은 한국의 독재 정권 때와 비슷하다.

기업인들이 덤비면 그에 대한 보복으로 그들을 감옥에 넣어 버리던 그 시절과 마찬가지다.

죄목은 만들면 그만이고, 그에 저항할 만한 세력은 없다.

"노 변호사님이 지금쯤 상황을 알아차렸겠지만······."

하지만 아무리 노형진이라고 해도 일본의 사법을 뒤집을 수는 없다.

편법으로는 가능할지 모르지만 그 편법마저 꽉 쥐고 있는 게 바로 일본의 정치인들이다.

"이번에는 진짜 힘드려나."

신동하는 긴 한숨을 쉬며 미래를 걱정했다.

⚖️

"뭐? 입국 금지?"

노형진은 당연히 신동하의 문제를 해결하기 위해 일본으로 들어가려고 했다.

하지만 불가능했다.

"네, 유감이지만 입국 금지 대상입니다."

"아니, 내가 뭘 어쨌다고 입국 금지입니까?"

"그건 말씀드릴 수 없습니다. 하지만 입국 금지입니다. 죄송합니다."

"아니, 장난하는 것도 아니고."

노형진은 따졌지만 일본 공항의 직원은 단호했다.

"입국시킬 수 없습니다. 돌아가십시오."

"허."

노형진은 더 따지려다가 그냥 몸을 돌렸다.

옆에 있던 김성식은 심각한 표정이 되었다.

비상사태인 만큼 노형진뿐만 아니라 새론도 사건에 끼었는데 입국 금지라니.

"일본이 제대로 작심한 모양이군."

"상황이 상황이니까요."

노형진이 지금까지 일본에서 수많은 일을 했지만 일본은 노형진을 입국 거부 대상으로 올리지 않았다.

정확하게 표현하면 노형진의 신분이 마이스터의 아시아 대리인이기 때문에 마땅한 이유 없이 입국 거부 명단에 올릴 수가 없었던 것이다.

그런데 이번에는 올렸다.

"그 말은, 마이스터와 상관없이 무조건 막겠다는 소리군."

"네, 마이스터의 투자 대상으로서 불이익을 감수하는 한이 있더라도 말이지요."

노형진은 턱을 문지르며 말했다.

"그 말은 상황이 그다지 좋지 않다는 걸 의미하는군요."

"어쩔 생각인가? 물론 해외에서 우리가 일본 변호사를 살수는 있겠지만……."

현실적으로 그게 어떤 효과를 발휘하기는 힘들다. 당장 신동하가 돈이 없어서 변호사를 못 사는 게 아니니까.

산다고 해도 일본 정부에서 만남을 허가하지 않을 테니 변론은 의미가 없다.

"일단 돌아가면서 이야기하지요."

노형진은 한국으로 돌아오는 비행기를 구해서 다급하게 올라탔다.

공항에서 시간을 죽이는 건 비효율적이니까.

그사이에 그는 머릿속으로 수만 가지 가능성과 해결 방법을 계산했다.

"변호사는 사지 않는 게 좋을 겁니다."

"어째서?"

"죄를 방어하는 게 아니라 없는 죄가 생긴 상황입니다. 그런 상황이라면 변호사가 아무리 잘났다고 해도 의미가 없지요."

물론 방어는 할 수 있다. 죄가 없으니까.

하지만 이미 일본 정부는 죄를 뒤집어씌우기로 결정했고, 변호사가 아무리 노력한다고 해도 그걸 뒤집지는 못한다.

"그러면 일단 보석금이라도 내고 꺼내든가 해야겠군."

"아니요. 그것도 좋은 생각은 아닙니다."

"뭐? 그러면 신동하를 계속 감옥에 두겠다는 건가?"

"그럴 수밖에 없습니다. 보석금 역시 일본 정부의 수법 중 하나거든요."

"수법?"

"네. 이번 신동하의 보석금이 얼마인지 아십니까?"

"70억 아닌가?"

"맞습니다. 죄도 특정되지 않았는데 70억이죠."

"그런데?"

"만일 보석으로 풀려난다고 해도 다시 잡혀갈 겁니다."

"뭐?"

"상대방의 자금력을 소진시키고 방어에 쓸 힘을 빼기 위한 일본 검사와 재판부의 전형적인 방법이거든요."

보석금을 걸고, 돈을 내고 나면 다시 다른 죄로 잡아 온 다음 다시 보석을 걸고, 또 풀려나면 다시 다른 죄로 잡아 온다.

　　현대에서 죄의 여부는 돈으로 판단되는 경우가 많다.

　　자본주의국가는 그런 성향이 심한데, 그중에서도 특히 일본은 더더욱 그런 경우가 많다.

　　"당연히 보석금을 내면 낼수록 자금이 부족해져, 신동하는 결국 제대로 된 변호사를 사기도 힘들어지겠지요."

　　"동시에 회사도 힘들어지고?"

　　"맞습니다. 그리고 그 돈을 내기 위해 팔 수 있는 모든 걸 팔게 됩니다. 가령 주식 같은 걸 말이지요."

　　"흠…… 이해했네."

　　김성식은 빠르게 알아차렸다.

　　그렇다면 상황이 무척이나 곤란해져 버린다. 이쪽에서 방어할 수 있는 방법이 없는 것이다.

　　"그러면 탈출이라도 시켜야 하나?"

　　"하려면 할 수도 있겠지만."

　　그러면 그동안 이룩한 모든 것을 일본에 빼앗기게 된다.

　　탈출은 절대 해서는 안 된다.

　　"그러면 어쩔 생각인가? 일본 법의 전문가도 이번 상황에서는 방법이 없다고 하는데."

　　일본의 이런 성향을 가장 잘 알고 있는 사람들이, 현실적으로 일본의 목적이 정확한 이상 아무리 법리를 다퉈도 의미가 없다고 못을 박았다.

"경제적 공격을 할 생각인가?"

"그것도 힘들 것 같습니다. 저들이 저를 입국 금지시켰다는 건 그걸 불사하겠다는 거니까요."

"설마?"

"설마가 아닙니다. 일본은 현재 금전적으로 많이 쪼들리는 상황입니다."

현실적으로 국제 투자회사들은 일본의 신용 등급을 사정없이 낮추는 상황이다.

원래 역사에서는 일본이 국제 신용 등급 A+를 유지했다.

하지만 현재 일본의 국제 신용 등급은 BB+다. 원래 역사에서는 없었던 일이다.

같은 등급의 나라는 브라질인데, 브라질이 낮에는 정부가 밤에는 갱단이 나라를 지배한다고 할 정도의 문제점을 가지고 있다는 점을 생각해 보면 일본의 상황이 어떤지 추측하는 건 어렵지 않다.

"이대로 계속 끌려가 봐야 더 떨어질 게 뻔하니 차라리 우리를 손절 하는 쪽으로 방향을 틀겠다는 거지요."

"큰일이군."

노형진의 말에 김성식은 심각한 표정이 되었다.

현실적으로 자신들의 가장 강력한 힘이 모두 봉쇄되어 버린 것이다.

순수 물리력을 쓸 수 없는 법률 회사의 한계를 생각하면 일본의 이러한 결정은 노형진의 손과 발을 모두 묶는 것이나 마찬가지.

"언젠가는 각오한 일입니다. 다만 신동하가 엮일 줄은 몰랐지만요."

애초에 노형진은 일본의 파산을 목적으로 움직이고 있었다. 그걸 알게 될 때쯤이면 일본은 당연히 손절을 할 수밖에 없다.

신동하 입장에서는 억울할 만하다.

"대동 입장에서는 한국 시장을 잃어버리는 게 아깝기는 하지만 일본 내수시장도 꽉 잡고 있으니 크게 문제가 되진 않는다고 판단한 거죠."

마이스터와 손절 함으로써 타격이 없는 것은 아니나 망할 정도도 아니라는 거다.

"일단은 한국으로 가서 해결책을 좀 생각해 봐야겠네요."

⚖️

노형진은 한국에 와서 두문불출하면서 해결책을 찾아내기 위해서 머리를 쥐어짰다.

하지만 일본이라는 특성상 그가 끼어들 여지가 별로 없었다.

'보석금을 주고 일단 탈출시켜? 그건 불가능해. 그랬다가

는 진짜 일본에서의 모든 걸 다 잃어버리게 돼.'

실제로 그런 일이 있었다.

그때도 그 사람은 일본의 모든 걸 버리고 갔다.

어차피 다 **빼앗길** 처지라 당연한 일이었지만, 신동하는 좀
다르다.

그렇게 되면 대동이 다시 일어나는 빌미가 될 수도 있다.

결국 그를 구치소에 둔 형태로 해결해야 한다는 건데, 그
건 쉬운 일이 아니다.

'일본의 정치인들을 움직여? 그건 아닌 것 같은데. 현 상
황을 봐서는 아무래도 야베가 껴 있다고 봐야겠지.'

야베는 노형진에게 놀아나서 어쩔 수 없이 일왕가에 충성
의 맹세를 했다.

그걸 지킬 놈은 아니기는 하지만 현실적으로 자존심이 상
했을 테고, 신동하가 체포된 점에는 그 보복도 있을 것이다.
지금 상항에서 일왕가의 최고 측근은 다름 아닌 신동하니까.

'직접적으로 변호사를 쓸 수는 없고.'

노형진은 책상을 두들기면서 한숨을 쉬었다.

"뭐가 그렇게 고민이 많아?"

"응? 채림이구나. 어쩐 일이야?"

"어쩐 일은. 나라가 발칵 뒤집어졌는데 한 번은 와야 하는
거 아냐?"

"그런가?"

"'그런가?'라니. 지금 한국이 얼마나 난리가 났는데. 지금 한국 기업들에서 마이스터와 미다스에게 접촉하려고 얼마나 성화인지 알아?"

"알지. 하지만 나랑은 상관없잖아. 제대로만 하면 내가 터치할 일은 없어."

"한국에서 제대로 돌아가는 기업이 있기는 하니?"

노형진이 피식 웃었다.

이번 홍안수의 친위 쿠데타 사건으로 가장 이득을 얻은 건 누굴까?

다름 아닌 대룡과 노형진이다.

노형진은 홍안수가 친위 쿠데타를 일으킬 것이라 예상하고 있었다.

그리고 국가에서 내전이 벌어지면 당연히 주식은 어마어마하게 떨어진다.

그걸 예상했기에 노형진은 주식시장에 미리 손써 놨고, 이후 정신을 차린 기업들은 자신들의 주식이 마이스터와 미다스에게 넘어가 있다는 사실을 알고는 멘붕에 빠졌다.

미다스와 마이스터는 반사회적 기업을 극도로 혐오하는데, 한국의 많은 기업들이 반사회적 행동으로 돈을 벌고 있었으니까.

"미국을 홀라당 털어먹더니 이제는 한국도 다 털어먹네."

"할 만하더라고."

"그런 일을 그렇게 말하는 건 너뿐일 거다."

"하하하."

"그나저나 도대체 무슨 일이야? 네가 이렇게 심각하게 고민하는 건 처음 보는데."

"사실은……."

노형진은 손채림에게 상황을 설명해 주었다.

설명을 들은 손채림 역시 진지한 표정이 되었다.

노형진의 가장 강력한 무기 두 개가 막혀 버렸다. 최악의 경우, 신동하를 버려야 할지도 모른다.

"그런데 신동하가 없어도 일본을 엿 먹이기에는 충분하지 않아?"

"현실적으로는 그렇지."

이미 수차례의 누적된 공격을 받은 일본 정부는 현실적으로 버틸 만한 힘이 없었다.

노형진의 공격으로 내부경제는 급속도로 붕괴되고 있는 상황.

노형진이 크게 한번 흔들면 국가파산 상태가 올 수도 있는 상황이다.

"하지만 그렇다고 해서 신동하를 가만둘 수는 없잖아. 아무리 필요에 의해 손잡았다고 해도 우리 사람이야."

"흠……."

"그리고 장기적으로 보면 일본을 경영할 사람도 필요하고."

"경영? 아, 무슨 뜻인지 알겠네."

만일 국가파산 사태가 벌어지면, 일본 사람들이 아무리 정신이 나갔다고 해도 결국은 새로운 정권이 들어서게 된다.

그러면 그건 누가 될까?

"우리가 밀어주면 신동하는 어렵지 않게 총리가 되겠지."

일단 일왕가 역시 그를 밀어줄 테니까.

일본의 총리는 제대로만 한다면 계속 연장이 가능하다.

일본의 선거적인 관성이 그렇다.

그렇게 된다면 장기적으로 아예 노형진이 일본을 통제할 수 있게 된다.

"하지만 실형을 받으면 곤란해. 일본의 성향을 생각하면 단순히 몇 달 정도로 끝내지는 않을 거야."

어떻게 해서든 죄를 만들어서 십수 년은 감옥에서 보내게 하려 할 것이다.

"흠……."

노형진의 말을 들으며 곰곰이 생각에 잠겨 있던 손채림이 문득 좋은 생각이 났는지 손바닥을 마주쳤다.

"아! 그러면 차라리, 우리가 아니라 다른 사람들을 쓰는 건 어때?"

"응?"

"언제나 네가 나서서 문제를 해결했지만 이번에는 다른 사람을 통해 압력을 행사하거나 하는 거야."

"흠?"

노형진은 턱을 문질렀다.

확실히 노형진은 언제나 직접적인 방법을 선호했다.

이유는 여러 가지가 있지만, 가장 큰 이유는 법률 일을 하다 보면 때로는 더러운 일도 해야 하기 때문이다.

때로는 협박도 하고 누군가에게 피해를 주기도 해야 한다.

그리고 노형진은 그런 일을 할 때 누군가에게 시키고 뒤에서 지켜보고 있다가 그에게 죄를 뒤집어씌우는 게 싫었다.

"네가 하는 말이 그거잖아, 쓰레기장을 청소하기 위해서는 너도 더러워져야 한다고."

"그렇지."

"원론적으로는 그렇지만, 그렇다고 해서 다른 사람은 절대 쓰지 말라는 법은 없잖아?"

"하청을 주라는 거야?"

"하청이 아니라 도르래 같은 거지."

"도르래?"

"그래. 옛날에 학교 다닐 때 배웠잖아."

우물에서 물을 뜰 때 도르래 하나를 쓰는 것보다는 두 개가 편하고 두 개보다는 세 개가 편하다.

도르래가 많아질수록 힘은 적게 들어간다.

"결과적으로 네가 당기는 건 사실이지만 그 과정에 다른 도구가 있다고 해서 문제가 될 건 아니잖아?"

"다른 도구라…….."

"그래. 꼭 네가 가진 기업 같은 게 아니더라도 말이지."

노형진은 손채림이 하고자 하는 말이 뭔지 알 것 같았다.

"내가 가진 영향력을 제대로 쓰라는 거지?"

"맞아. 정확하게 그런 의미야. 사실 지금까지 넌 제대로 영향력을 행사하지는 않았잖아."

물론 국가 간 싸움이나 큰 싸움을 할 때 영향력을 쓰기는 한다.

하지만 말 그대로 최소한이라는 기준을 가지고 써 왔다.

남들이 보기에는 진짜 나라가 망할 만큼의 위협이었을지 모르지만 노형진에게는 주변에 미칠 영향을 최대한 줄여 가면서 하는 거다.

"일본이 망할 걸 각오하고 이런 짓까지 한다? 그건 반대로 말하면, 네가 얼마나 힘이 있는지 제대로 모른다는 거야."

"음?"

"솔직히 네가 작심하면 지금의 일본은 심각한 타격을 입을 수 있지. 그렇지만 그들은, 그렇게까지 될 리 없다고 생각할 거야. 넌 미다스가 '아니니까'."

노형진은 와닿는 게 있었다.

공식적으로 노형진은 마이스터와 미다스의 아시아 대변인이자 책임자다.

그러니 그가 가진 영향력이 크긴 하지만, 미다스에 비할 바는 아니었다.

"미다스는 일본이 쓰러지지 않기를 바란다?"

"당연한 거 아냐?"

미다스도 투자를 하는 투자자이고, 일본의 몰락은 전 세계에 심각한 후폭풍을 남길 게 뻔하다.

어떤 미친놈도 일본의 몰락을 바라지는 않는다.

노형진 역시 일본의 본질을 몰랐다면, 그리고 미래에 벌어질 일들을 몰랐다면 일본을 몰락시키려고 하지는 않았을 것이다.

"너의 공격은 한정되어 있다, 그건 버틸 만하다. 그게 바로 일본의 판단인 거지."

노형진은 씁쓸한 미소를 지었다.

"결국 만만하다 이거군."

"그 말이 정답."

노형진은 그 순간 피식하고 웃음이 나왔다.

공격 방법? 없는 게 아니다.

다만 다른 사람에게 피해를 주지 않으면서 일하려고 했을 뿐이다.

'아무래도 일본이 그 때문에 판단을 잘못한 모양인데.'

노형진은 머리를 긁적거렸다.

"뭐, 그 애들의 역사적 특징이기는 하지."

"응? 뭐가?"

"일본의 판단 착오 말이야."

각 나라마다 특징과 성향이 다르다.

그런데 유독 이상하게 일본은 국제적인 뭔가를 판단할 때 그 부분을 간과하는 성향이 있다.

물론 한국도 그런 부분이 있는 것은 사실이나 일본은 유독 심하다.

가령 2차대전에 참전할 때도, 그들은 미국에 선빵을 치면 겁먹은 미국이 협상에 나설 테니 그들과 협상해서 더 좋은 장비와 기술을 넘겨받고 기름이 나오는 동아시아 식민지를 지배해서 아시아를 지배하려는 생각을 했었다.

그런데 상식적으로 기술도 더 좋고 돈도 더 많은 미국이 처맞은 후에 '아이고, 무섭다.' 하면서 손을 들까?

물론 일본의 해군이 그 당시에 세계 최강이었던 건 사실이다. 하지만 그건 어디까지나 미국이 안 싸워서 그런 거지, 못 싸워서 그런 게 아니다.

"한국 경제제재 때도 그러더니."

"응? 뭔 제재?"

"아니야. 그런 게 있어."

노형진은 대충 휘휘 손을 저으면서 고개를 끄덕거렸다.

"그런 오산이라면 기쁘게 두들겨 패 줘야지."

"뭐, 좋은 생각이네. 그런데 뭘로 패려고? 지금부터 슬슬 준비하려면 시간이 제법 오래 걸릴 텐데."

"아, 마침 적당한 게 있어."

"적당한 거?"

노형진은 슬쩍 메모지에 뭔가를 적어서 손채림에게 건넸다. 그걸 받아 든 손채림은 노형진과 그걸 번갈아서 바라보다가 어이가 없다는 듯 말했다.

"적당한 거라며? 이건 완전 모가지를 날려 버리겠다는 건데?"

"어차피 저쪽도 내 속셈을 알았으니 슬슬 모가지를 날려 버려야 하지 않겠어?"

그렇게 말하며 노형진은 어깨를 으쓱했다.

"아마 참 재미있을 거야, 후후후."

이게 바로 총력전이다

자립. 좋은 말이다.

하지만 현대에서의 그 완전한 자립은 현실적으로 말도 안되는 소리다.

자력갱생을 그렇게 외쳐도 북한이 전 세계에서 가장 못사는 나라 중 하나인 것 역시 그런 이유에서다.

"자력으로만 뭐든 할 수는 없습니다. 그건 일본도 마찬가지이고요."

노형진은 유민택에게 진지하게 말했다.

"우리는 그동안 일본에 직접적인 영향을 주려고 했습니다. 하지만 일본 정부는 바보가 아니죠. 충분히 대비해 놨을 겁니다."

그걸 알기에 일본은 노형진의 입국 금지라는 초강수를 둔 것이다.

"자네나 마이스터에 대한 대비는 충분히 해 놨으리라 이거군."

"그렇습니다."

노형진은 고개를 끄덕거렸다.

"그래서 계획을 바꾸기로 했습니다."

"바꾼다고?"

"네. 일단은 제가 승진할 겁니다."

"승진? 이 상황에서 무슨 말인가?"

"말 그대로 승진입니다. 현 시간부로 저는 마이스터와 미다스의 공식 대리인입니다."

"뭐?"

"아마 일본은 당황할 겁니다."

아시아 공식 대리인이라고 하지만, 사실 마이스터와 미다스의 힘으로 봤을 때 아시아는 상대적으로 그 힘이 약하다.

일단 대부분의 성공한 기업들이 미주나 유럽 쪽에 포진해 있으니까.

아시아 쪽에서 강국이라고 하면 중국과 일본 그리고 한국과 러시아 등이 있다.

"중국은 공산국가입니다. 당연히 아시아 대리인으로서 영향력이 약하지요. 한국이야 엄청나게 영향력을 가지기는 하지만, 애초에 한국에서 나오는 대부분의 물건에 대해 일본은 알게 모르게 불매하고 있습니다."

그리고 러시아 같은 경우는 사실상 독재국가이고, 미국의
견제를 받고 있어서 힘이 빠진 상황이다.

남은 건 일본 정도.

"그걸 대비해 놨으니 무서울 게 없는 거죠."

좀 독하게 말해서, 전 세계 경제 시장에서 아시아가 가지
는 비중은 유럽이나 북미에 비해 작은 것이 사실이다.

"그들은 제가 그런 실책으로 해고당하는 걸 원하는 것일
수도 있고요."

"설마."

"설마가 아니죠. 해외 사업에서 일할 사람을 뽑을 때 가장
먼저 따지는 조건 중 하나가 바로 해외여행에 결격사유가 없
는 자 아닙니까?"

만일 일본에서 그의 입국을 거부한다면 사업하는 사람 입
장에서는 결국 그를 자를 수밖에 없다.

일본은 세계적으로 보면 상당히 큰 시장이니까.

"하지만 제가 승진하게 되면 그때는 아마 상황이 좀 달라
질 겁니다."

그들의 생각과 다르게 노형진이 승진하게 되면 그때는 마
이스터 전부와 싸우게 되는 거다.

"그리고 저는 그 영향력을 이용해서 일본에 압박을 가할
수 있게 될 겁니다."

노형진은 빙긋 웃었다.

"그러니 유 회장님도 준비하실 게 있습니다."

"내가? 나는 일본의 법에 대해 아는 게 없는데. 그렇다고 일본에 영향력을 행사하기에는, 내 힘이 부족하네."

유민택은 어리둥절한 표정으로 노형진을 쳐다보았다.

그러나 노형진은 안심하라는 듯 고개를 저었다.

"걱정하지 마십시오. 그런 거 아니니까요."

그리고 자신 있게 말했다.

"과연 일본이 얼마나 준비되어 있는지 한번 시험해 보지요, 후후후."

⚖

"뭐라고?"

야베는 정신이 아찔해졌다.

한국에서 온 노형진의 입국을 이유도 없이 무조건 막았다.

그가 들어오면 신동하를 꺼내 주려 할 거라는 걸 모르는 것도 아니었고, 거기에다가 마이스터와 미다스에게 자신들은 그를 별로 좋아하지 않는다는 걸 표시하기 위해서였다.

그런데 뜬금없이 바로 그가 공식 대리인으로 지정되어 버렸다.

야베와 일본 내각의 예상과는 전혀 다른 상황이었다.

"각하, 아무래도 마이스터 쪽은 노형진을 버리지 못하는 모양입니다."

"우리가 입국 거부를 하면 그를 버릴 거라고 하지 않았나!"

"그랬습니다만……."

상식적으로 그게 정상이다.

직원 한 명을 위해 일본이라는 거대 시장을 버릴 인간은 없으리라고 생각했으니까.

그런데 결과는 예상과 다르게 도리어 노형진의 승진으로 나타났다.

"문제는 그것만이 아닙니다. 지금 공석이 된 마이스터의 아시아 대리인에 신동하를 공식 선임하기로 했답니다."

"뭐라고?"

야베는 정신이 아찔해졌다.

지금 감옥에 있는 신동하를 공식적으로 아시아 대리인에 선임한다는 건 심각한 문제다.

그가 감옥에 있는 이상, 공식적으로 아시아에서의 마이스터의 모든 거래와 행동이 중지되기 때문이다.

그걸 마이스터가 모를까?

"우리보고 꺼내라 이거군."

"그렇습니다."

"웃기는 소리! 그럴 수는 없어! 신동하 그놈은 감옥에서 죽어야 해!"

"하지만 야베 총리 각하!"

경제성의 각료들은 입술이 바짝바짝 말랐다.

야베가 경제성의 말을 들어주지 않는 거야 익히 알고 있지만 현 상황은 야베가 생각하는 것처럼 좋지 않았기 때문이다.

"현 상황에서 마이스터의 공격을 우리가 이기는 것은 한계가 있습니다, 각하."

"한계란 없다. 어차피 우리는 이번에 마이스터에서 독립을 하기로 결정한 것 아닌가?"

"그건 그렇습니다만……."

경제성 사람들은 입을 꾸욱 다물며 갑갑한 마음으로 야베를 바라보았다.

'치매라도 든 건가?'

현실적으로 말하면 이 모든 건 미친 짓이다.

하지만 야베는 답은 정해 두고 거기에 맞추라고 한다.

디자이너에게 디자인뿐만 아니라 제품의 스펙도 뽑아내라고 하는 것과 하등 다를 게 없다.

"지금 노형진과 마이스터의 공격은 어떻게 예상되지?"

"일단 일본에 투자한 자금을 빼내 갈 거라 생각합니다."

"그걸 메꿀 준비는?"

"되어 있습니다."

"다른 공격은?"

"일단 사법 쪽은 우리가 다 틀어막고 있으니까 문제 될 것은 없습니다. 다만 기업들이 불만을 가질 수 있기 때문에 그 부분에 대해서는 각 기업의 대표들과 이야기를 나누고 있습니다."

"어떻게 해서든 일본은 그 간악한 마이스터의 손아귀에서 벗어나야 한다. 이번이 아니면 기회가 없어!"

"알겠습니다, 총리 각하."

"물론 그놈이 승진하는 건 생각하지 못한 부분이기는 하지만, 그렇다고 해서 계획이 바뀌는 것은 아니다."

야베는 자신했다.

모든 게 끝났을 때, 승리자는 자신이리라고 확신했다.

노형진이 그걸 예상하고 있다고는 생각하지도 않았고, 설사 예상하고 있다 해도 해결책이 없을 거라고 생각했다.

그랬기에 노형진의 영향력이 얼마나 지대한지, 야베는 꿈에도 알지 못했다.

⚖️

"일본을 빠른 시일 내에 항복시키는 방법은 일본인들이 가장 필요로 하는 부분부터 공격하는 거야."

노형진은 손채림과 함께 작전을 짜기 시작했다.

노형진은 신동하를 감옥에 오래 둘 생각이 없었다.

"일단 공식적으로 신동하는 마이스터의 아시아 대리인이

되었지. 그러니 일본은 상당히 압박을 받을 거야."

"그렇지만 아시아 대리인이 없는데 거기서 어떻게 사업을 하려고? 돈을 빼내는 게 쉬울 것 같지는 않은데."

"돈을 빼내? 누가? 내가?"

"당연한 거 아냐?"

"하하하, 정반대."

"정반대라고?"

"그래. 이제 일본에 미친 듯이 돈을 밀어 넣을 거야."

"뭐라고?"

노형진의 말에 손채림은 당황했다.

"그게 말이나 돼? 일본에 보복하려고 하는 거 아니었어?"

일반적으로 보복한다고 하면 당연히 돈을 빼내서 고사하게 하는 게 정상이다.

그런데 노형진은 도리어 돈을 밀어 넣는단다.

"네가 한 말이 맞아. 내가 직접 일본 정부와 담판을 지을 필요는 없지. 그러니 제삼의 기업을 이용해서 담판을 지을 거야."

"하지만 그런 곳이 있어?"

일본은 정경 유착이 어마어마하게 심하다.

당장 신동하의 사태에서 볼 수 있듯이 만일 일본 정치인의 부탁을 들어주지 않으면 거대 기업의 회장이라고 해도 없는 죄를 만들어서 죽여 버리기 때문에, 일본의 기업들은 대부분

정경 유착을 할 수밖에 없다.

"일본 기업들은 절대 도와주지 않겠지. 하지만 때로는 방법이 없는 게 아니야. 특허라는 게 있거든."

"특허?"

"그래. 정확히는 특허 괴물이라는 게 있지."

노형진은 빙긋 웃었다.

"많은 사람들이 특허를 무시하는데, 때로는 치명적인 곳도 있어. 대표적인 게…… 케널스."

케널스는 현대 핸드폰, 즉 스마트폰의 특허에 관해서는 어마어마한 양의 특허를 가지고 있는 기업이다.

지금 유통되는 핸드폰 중 안드로이드를 쓰는 폰은 모두 그 특허를 쓸 수밖에 없는 구조로 되어 있다.

그 파괴력이 얼마나 센지 한국의 기업들조차도 거기에서 벗어나지 못한다.

실제로 여러 기업에서 그 기술의 대체 기술을 만들어 내기 위한 시도를 했지만, 케널스의 대응책은 간단했다.

대체 기술을 연구하는 곳에는 특허 사용을 중지시키는 것이다.

"한국이 핸드폰을 엄청 팔잖아? 그런데 정작 핸드폰을 팔아서 그들에게 돈을 주고 있는 게 현실이지."

"미친! 그게 가능해?"

"가능해. 그게 특허니까."

물론 쓸데없는 특허도 많다.

하지만 제대로 된 특허만 있으면 망해 가는 기업을 살리는
건 일도 아니다.

"일본에 돈을 들이부으면서 내가 특허 사냥을 시작한 것처
럼 보이는 것. 그게 내가 노리는 거야."

노형진은 눈을 반짝이며 말했다.

특허를 가진 건 기업만이 아니다.

사실 상당수 특허는 기업보다는 연구소 같은 곳이 가진 경
우가 많다.

노형진은 일본 대리인 리홍을 통해 그런 곳에 무차별적으
로 접근했다.

"얼마요?"

"10억 엔 드리겠습니다."

특허권자인 사부로 교수는 정신이 아찔해졌다.

"그리고 다른 특허 기술에 대해서도, 가치 판단은 해야겠
지만 가능하면 모두 사고 싶습니다."

"그건……."

사부로 교수는 침을 꿀꺽 삼켰다.

자신의 특허인 정밀 성분 유도 기술을 무려 10억 엔에 산

다고 하는 사람이 있을 줄은 몰랐으니까.

"하지만 그건……."

"그리고 원하신다면 다른 나라로의 이민도 지원해 드리지요."

그 말에 사부로 교수는 입을 다물었다.

리홍은 그런 그를 살살 꼬셨다.

"대부분의 교수님들은 일본을 떠나고 있습니다. 아실 겁니다. 일본은 끝났습니다. 국가로서는 더 이상 버틸 수가 없죠. 남은 건 파산뿐입니다."

"그건 아닙니다."

"그러면 그 많은 일본의 방사능은 어쩔 겁니까?"

리홍의 질문에 그는 대꾸하지 못했다.

당장 일본 정부는 괜찮다고 하고 있지만 누구도 그 말을 믿지 않기 때문이다.

애초에 믿을 수가 없다.

체르노빌보다 더 높은 방사능 수치를 가지고 괜찮다?

"이미 주요 인물들은 전부 해외로 떠났습니다. 원하신다면 한국이든 미국이든, 떠나는 걸 도와드리지요."

"그 대신에 특허를 팔아 달라?"

"그렇습니다."

10억 엔. 한화로는 100억이 조금 넘는 돈이다.

그런데 사부로가 이 특허로 매년 버는 돈은 대략 5천만 엔이다.

즉, 20년을 받아야 그 돈이 나오는 거다.

물론 그게 가능할 리가 없다.

일단 20년쯤 지나면 이 기술은 구닥다리가 될 테니까.

길어 봐야 10년 정도. 그마저도 벌써 4년이 지났다.

"한국은 방사능 안전 국가입니다. 원하신다면 적당한 교수 자리도 알아봐 드릴 수 있습니다."

한국에는 대학이 넘친다.

그곳에서 적당히 자리를 잡아 주는 건 노형진에게는 그다지 어려운 일이 아니었다.

사부로 교수는 고개를 끄덕거렸다.

"그럼…… 자리를 알아봐 주십시오."

"얼마든지요!"

리홍은 자신 있게 말했다.

그리고 그렇게 리홍이 특허를 사기 시작하자 점점 문제가 커져 갔다.

⚖️

"뭐요? 사용 금지?"

"현 시간부터 우리 마이스터는 당신네와의 모든 거래를 단절하기로 했습니다."

"아니, 무슨 말을 그렇게 합니까? 우리가 뭘 잘못했다고?"

"잘못하는 게 아니라 어쩔 수 없습니다. 마이스터의 일본에서의 철수가 결정되었습니다. 당연히 거래하던 모든 곳들과의 거래를 끊을 것입니다."

"미친……!"

사부로 교수의 특허를 사용하던 기업은 중견 기업이었다.

그들은 그 특허를 이용해서 장비를 생산해 왔다.

그런데 갑자기 마이스터에서 그 특허를 산다는 소식이 들리는가 싶더니 특허의 사용이 금지되었다.

"불만 있으면 중국으로 오십시오."

"당신은 중국인인데 도대체 왜 일본의 문제에 끼어든단 말입니까!"

"중국인이라고 해서 일본에서 활동하지 말라는 법은 없지요."

리훙은 피식 웃었다.

"저는 마이스터의 일본 대리인입니다. 그들의 의사를 일본에 전달할 뿐입니다. 현 시간부로 계약은 종료되었습니다."

"자…… 잠깐만요! 갑자기 그러면 우리는 어쩌라고!"

"알아서 하십시오."

리훙은 어깨를 으쓱했다.

"우리처럼 말이지요."

마이스터의 특허 사냥은 일본에 어마어마한 풍파를 불러왔다.

사실상 일본의 특허를 싹쓸이해서 일본에서 대부분의 상품을 생산하지 못하게 하려고 하는 짓이었기 때문이다.

　문제는 그 시도가 일본에서만 터진 게 아니라는 거다.

　"큰일 났습니다. 독일 슈리첸연구소의 특허가 마이스터에 넘어갔습니다."

　"그쪽에서 운영하는 특허가 뭔데?"

　"이온 합금 도장에 관련된 특허입니다. 당장 차량 도장이 그 방식들인데……."

　"미친……."

　일본의 자동차 기업인 니진은 난리가 났다.

　자잘한 특허들이었다.

　평소에는 그다지 신경 쓰지 않던 특허들.

　그런데 난데없이 몽땅 마이스터에 넘어가고 있었다.

　그다지 중요한 특허는 아니었기에 적당히 돈을 주고 사용하고 있던 니진으로서는 마른하늘에 날벼락이었다.

　물론 그걸 대체할 기술을 만들려고 하면 못 만들 건 아니다.

　하지만 아무리 못해도 6개월은 걸릴 테고, 그 기간 동안 자동차의 생산은 멈출 수밖에 없다.

　그리고 그 기술이 개발되어도 문제인 게, 그 기술을 적용해서 장비를 만들고 그걸 공장에 설치하려면 또 얼마나 많은 시간이 필요할지 모른다.

　더군다나 현대는 그물같이 엮여 있다.

당장 도장 기술이 넘어가서 사용이 금지되었다고 해도 다른 도장 기술이 없는 것은 아니다.

그러나 그 도장 기술에 들어가는 장비를 만들기 위해서는 또 다른 특허가 필요하다.

산업용 페인트 분사에 관한 특허나 로봇 팔의 기동에 관한 특허 등등.

"다른 기술로 대체하려면 돈이 얼마나 들 것 같나?"

"못해도…… 100억 엔 이상 예상하셔야 합니다."

"100억 엔? 장난해?"

"어쩔 수 없습니다, 사소한 특허이지만 도장 방식 자체가 다르기 때문에……."

"끄응……."

"그리고 얼마 전에 있었던 자동 용접 기술의 특허 문제 말입니다."

"그래, 그게 있었지. 뭐라던가?"

"추가 발주는 안 된답니다."

"뭐?"

니진의 회장 얼굴이 창백해졌다.

현대 자동차공업에서 로봇 팔은 아주 중요한 핵심이다.

정해진 대로 정밀하게 딱딱 용접해 주어 동일한 규격으로 차량을 만들 수 있기 때문이다.

"그게 무슨 소리야?"

"그 로봇 팔을 일본에 팔면 그 로봇 팔의 특허 중 일부를 사용 금지시키겠다고 마이스터에서 연락이 왔다고……."

"뭐?"

그러니까 일본과의 전쟁을 위해 제삼의 기업들의 피해도 감수하겠다는 거다.

물론 정상적인 투자회사라면 미친놈 취급받을 것이다.

하지만 상대방은 마이스터다.

이미 전 세계에서 가장 큰 투자회사이며, 실패를 모르는 미다스의 기업.

더군다나 일본에서 먼저 미다스에게 선빵을 친 건 널리 알려진 사실이다.

"미친놈들, 뭔 짓을 한 거야!"

니진의 회장은 이를 박박 갈았지만 해결할 방법은 보이지 않았다.

⚖️

"이번에는 도를 넘었습니다, 미스 손."

아스가르드, 그곳에 탄 주요 기업들의 임원들은 진지한 표정으로 말했다.

"일본과 싸우기 위해 특허 전쟁을 하는 건 좋은데, 우리까지 끼어들게 하면 안 되지요."

"맞습니다."

"우리의 손실을 강요하면서까지 일본과 전쟁을 하다니, 아무리 미다스라고 해도 간이 부었군요."

각 기업의 임원들은 대놓고 불만을 표현했다.

그동안 마이스터가 뭘 하든 신경 쓰지 않았다. 그들은 언제나 제삼자에게는 피해를 주지 않으려고 했기 때문이다.

그런데 이제는 대놓고 적대적인 행동을 하는 마이스터에, 다른 기업들은 불만을 가질 수밖에 없었다.

"이것도 경쟁 아닌가요?"

손채림은 그들을 향해 미소 지으며 말했다.

"경쟁과 공격은 다르지요. 이건 우리와는 상관없는 문제 아닙니까? 우리가 일본에 수출을 하지 못해서 발생하는 피해는 어쩔 겁니까?"

일본이 시장 규모는 절대 작지 않다.

그들은 한국에 대해서는 기본적으로 불매의 포지션을 유지하지만 그렇다고 해서 다른 나라에까지 그런 건 아니다.

"저희 마이스터는 다른 사람들과 가능하면 상생하려고 하지요. 하지만 일본은 마이스터에 선전포고를 했습니다. 그런데 왜 저희가 그냥 당해야 한다고 생각하는 거죠? 저희가 선하게 행동하려 노력해 왔다 해서 모든 피해를 다 감당해야 하는 건 아니지요."

사실 노형진이 그동안 많이 참아서 그렇지, 상대방을 말려 죽이기 위해 다른 기업에 청탁을 넣거나 공격하는 경우는 결코 드물지 않다.

"물론 여러분들은 처음 당하는 일이겠지만요."

손채림은 생글거리며 말했다.

그녀의 말에 모여 있던 사람들은 헛기침을 했다.

틀린 말은 아니니까.

"전 세계적으로 그러지 않는 곳은 없는 걸로 알고 있는데요?"

대부분 그런 공격은 큰 곳이 작은 곳을 공격할 때 써먹는다. 그리고 여기에 있는 사람들은 그런 공격으로 작은 곳을 잡아먹던 큰 기업의 사람들이다.

"적대적 인수 합병이라는 말이 괜히 생긴 말은 아니지 않나요?"

"크흠, 그래도 피해의 규모가……."

헛기침을 하면서 말을 돌리려는 그들에게 손채림은 슬쩍 손을 내밀었다.

"뭐, 저희도 여러분들에게 피해를 드리고 싶지는 않아요. 그래서 여러분들을 여기에 태운 것이고요."

"여기에?"

"아스가르드는 도청이 불가능한 곳이니까요."

아무리 잘난 정부라고 해도, 설사 미국이라고 해도 비행 중인 비행기의 내부를 도청할 수 있는 방법은 없다.

비행기 내부에 도청 장치를 달았다고 해도 그걸 추적하기 위해서는 또 다른 비행기가 따라와야 하는데, 그러면 레이더에 다 걸리니까.

물론 녹음형의 장비를 설치하면 가능할지 모르지만 그걸 수거하는 것은 전혀 다른 문제다.

"도대체 무슨 말을 하고 싶으신 겁니까?"

"일본에서 입는 손실만큼 저희가 채워 드리면 되는 거지요."

"하지만 그게 가능하겠습니까? 돈을 주실 것도 아니고."

아무리 미다스가 많은 돈을 벌었다고 해도 돈을 줄 수 있는 것은 아니다. 그렇게 멍청할 리도 없고 말이다.

"석유……라면 어떨까요?"

모두의 눈이 커졌다.

석유라면 어마어마한 돈을 벌 수 있다.

전 세계 1위의 기업이라 하면 사람들은 보통 미국의 IT 기업들을 생각한다.

하지만 실제 전 세계 1위 기업은 가람코라고 하는 사우디 국영의 석유 회사다.

그것도 다른 기업들과 비교도 못 할 정도의 초대박 기업이다.

"그게 가능합니까?"

"가능하지요. 조만간 발표가 날 겁니다."

"미친……."

"미다스 이 인간은 진짜 예언가라도 되는 거야?"

석유를 발견하는 건 절대 쉬운 일이 아니다.

일단 어딘지 모르는 땅을 무조건 파면서 기름이 있기를 기도해야 한다.

백 번 파서 한 번 기름이 나온다?

그러면 얼마나 편하겠는가?

애석하게도 그게 아니다.

수천 번 파서 한 번 나면 대박 나는 정도다.

'그런데 진짜 어떻게 안 거야?'

노형진이 찍어 준 위치에서 정확하게 기름이 나왔다는 소식을 들었을 때, 손채림도 노형진이 진짜 신기가 있는 게 아닐까 하고 고민했다.

"원유 매장량은 대략 50억 배럴로 추정하고 있어요. 모든 계약은 다 준비되었고요."

"미친……."

50억 배럴이라고 하면 절대로 적은 양이 아니다.

거의 대부분의 기업들이 군침을 흘릴 만한 양이다.

"미다스는 현재 새로운 에너지 기업을 준비하고 있습니다. 그리고 그 기업에서, 그 새로운 원유전에서 나오는 원유를 판매할 겁니다."

모여 있는 사람들은 떨떠름한 표정이 되었다.

"각국의 유통 권한을 드리지요."

"각국의 유통 권한이라……."

"직접 회사를 만드셔도 되고 아니면 다른 기업에 넘기셔도 됩니다. 그 정도면 충분히 이득이 될 것 같은데요?"

심각한 표정이 되는 사람들.

그럴 만한 게, 일본에서 버는 돈은 뻔하기 때문이다.

한국처럼 불매운동을 안 한다 뿐이지 다른 나라 제품에 강한 불신을 가진 게 바로 일본인들이다.

그들은 산업용품은 많이 수입해 가지만 다른 물건은 가지고 가지 않는다.

그건 일본 특유의 습성에서 나오는 거라서 고칠 수도 없다.

"그리고 미다스는 거기서 나오는 석유를 최우선적으로 한국에 공급할 예정입니다."

"음……."

그 말 한마디에도 어마어마한 무게가 담겨 있다.

기름을 구하기 위해 사방으로 돌아다니는 게 한국의 처지다. 안정적으로 기름을 구입할 수 있는 곳이 있다면 한국의 성장에는 가속도가 붙을 것이다.

'물론 일본 입장에서는 곡소리가 날 테지만.'

이미 이쪽으로 넘어오기 시작한 회장들의 눈빛을 보면서 손채림은 눈을 번뜩였다.

⚖️

"어떻게 안 건가?"

"뭘 말입니까?"

"아니, 바다 한복판에서 기름이 날 거라는 거 말이야."

"비밀입니다."

원래 그 유정은 몇 년 뒤에 다른 거대 기업에서 발견하게 되어 있었다.

하지만 그 기업은 언제나처럼 모든 수익을 모조리 빨아먹었다.

가난한 나라였던 가이아나는 유정을 발견했을 때 어마어마한 이득을 볼 거라 생각했지만, 계약상 대부분의 이익은 거대 기업이 가지고 가고 그나마 남는 돈은 모조리 권력자들의 주머니로 들어갔다.

결국 나중에 가서는 내전 비슷하게 상황이 악화되면서 나라는 파멸로 굴러떨어졌고, 계약이 되어 있던 기업에만 좋은 일이 되었다.

노형진은 그걸 기억해 내고는 자신이 독점 계약을 하고 먼저 그 유전을 확보한 것이다.

물론 나라와 방향 정도만 알고 있었기에 몇 년간 그곳을 찾기 위해 시간을 들여야 했는데, 드디어 얼마 전에 유전을 찾을 수 있었다.

"오늘 밤에 바로 발표가 나갈 겁니다. 당연히 일본 입장에서는 멘탈이 나가겠지요."

"하지만 원유가 거기서만 나오는 건 아니지 않나?"

"맞습니다. 하지만 이 정도 원유의 발견은 시장에 심각한 타격을 주기 마련이거든요."

"어떤 타격?"

"뭐든 정가라는 게 있는 법이니까요, 후후후."

오펙OPEC.

석유의 정가를 따지고 그에 따른 감산을 결정하는 기구다.

당연히 그곳에는 수많은 알력이 있고 또 수많은 이권이 걸려 있다.

오펙은 전 세계 유가에 어마어마한 영향을 미친다.

오펙에서 유통하는 석유의 양은 무려 70% 이상이다.

실제로 과거에 석유파동을 일으켜 전 세계에 자신들의 힘을 과시한 적도 있을 정도로 그들의 힘은 어마어마하다.

하지만 모두가 그럴 수는 없었다.

"미친 겁니까!"

"배럴당 30달러? 같이 죽자는 겁니까!"

오펙의 회의는 시끄러웠다.

그럴 수밖에 없는 게, 바로 노형진 때문이었다.

일반적으로 현재 기름의 가격은 1배럴당 50달러 선을 유지하고 있다.

그런데 노형진은 배럴당 30달러에 기름을 공급하겠다고
한 것이다.

　1배럴은 정확하게 표현하자면 158.9리터다.

　한국 입장에서는 싸 보이지만, 한국의 석유 제품이 비싼
건 세금이 많이 붙어서 그런 거다.

　어찌 되었든 이 기름값은 아주 중요한 문제다.

　그럴 수밖에 없는 게, 오펙이 상당한 힘을 가지고 있는 것
처럼 보이지만 그 이면에는 기름 말고는 아무것도 없기 때문
이다.

　현실적으로 오펙에 가입한 나라들은 기름 말고는 아무런
기술이나 공장 또는 기업도 없다.

　기름에 취해서 다른 뭔가를 하려고 하지도 않았던 것이다.

　그걸 일반적으로 자원의 저주라고 표현한다.

　'그리고 요즘은 더하지.'

　그나마 옛날에는 오펙이 강한 힘을 가지고 있었지만 시대
가 바뀌면서 오펙은 상당히 곤란해진 상황이었다.

　그나마 오펙 내에서도 큰 힘을 가진 사우디아라비아나 쿠
웨이트 등은 좀 나은 편이지만, 베네수엘라와 앙골라 그리고
알제리 같은 나라들은 미국이 셰일 가스를 판매하기 시작한
후에 국제 유가가 떨어지면서 나라가 거의 코너에 몰리다시
피 하고 있는 상황이었다.

　한때 100달러까지 하던 원유가 최대 소비국인 미국이 셰

이것이 법이다

일 가스를 수출하기 시작하고 그에 따라 오펙에 가입하지 않은 나라들이 가격을 낮춰서 수출하기 시작하자 치명타를 입고 흔들리고 있었는데, 노형진은 거기에 한술 더 떠서 30달러까지 바라본다고 한다.

"그건 절대로 안 됩니다!"

어떻게 해서든 노형진을 만나 기름의 산출에 대해 결정하려고 하던 산유국의 사람들은 눈이 돌아갔다.

특히 미국의 대표는 얼굴이 벌게질 정도였다.

배럴당 30달러라면 오펙뿐만 아니라 러시아 역시 그 가격을 따라갈 수가 있다.

그러나 미국은 인건비도 싸고 기름이 일반 유전이 아니라 셰일 유전이라고 하는 채취 비용이 더 드는 방식의 유전이기 때문에 절대 그걸 따라갈 수가 없다.

워낙 다른 상황이 안 좋기 때문이다.

"저는 기름 가격을 낮춰서 세계경제를 부흥시키는 게 중요하다고 생각합니다."

"세계경제가 중요하긴 하지만 우리 국민들은요! 우리 나라는요!"

사람들은 잔뜩 흥분해서 버럭버럭 소리를 질렀다.

그들의 입장에서는 배럴당 30달러라고 하면 그냥 나가 죽으라는 소리나 다를 게 없으니까.

"글쎄요. 그건 시간이 좀 있으니 좀 더 준비해 보는 게 어떨까요?"

"그걸 말이라고 합니까!"

자원의 부국이었던 나라들이 그걸 몰라서 이럴까?

아니다. 그게 안 되기 때문이다.

자원 부국은 기본적으로 정치에 포퓰리즘이 들어가는 성향이 강하다.

일단 모든 걸 나랏돈으로 메꾸는 것이다.

그렇다 보니 국민들이 일하는 걸 당연하게 생각하는 게 아니라 이상하게 생각한다.

당장 일을 해서 돈을 벌어야 하는데 일을 하는 법을 모르는 거다.

"지금부터 준비하면 6개월 후면 산출이 시작됩니다. 고작 6개월이에요! 이게 고작 6개월 만에 해결될 문제라면 우리가 이러고 있겠습니까?"

오펙의 사람들이 이렇게 읍소를 하는 건 다 이유가 있다.

그동안 산유국들은 석유를 가지고 상당히 많은 갑질을 했다.

미국도 기름 때문에 많이 참아 왔지만 셰일 가스가 나오기 시작하자 바로 경제제재를 시작했고, 그 때문에 산유국들이 재건하고 싶어도 어려워서 오로지 기름만 잡고 있는 상황인 것이다.

간신히 사우디가 중재를 통해 올해 말부터 감산을 해서 기름값을 좀 올리자고 이야기가 되었는데 거기에 노형진이라는 괴물이 나타난 것이다.

"하지만 저희도 방법이 없습니다. 아시다시피 저희는 신생 업체입니다."

어떤 기업이든 처음 영업을 시작하면 홍보를 해야 한다.

그러면 홍보를 위한 가장 좋은 방법은 뭘까?

바로 세일이다.

"저희는 시장에 저희의 존재를 알려야 합니다. 그러니 당분간은 어쩔 수 없이 배럴당 30달러를 유지해야 합니다."

"그걸 인정할 수 없습니다."

"인정하지 않는다고 해도 저희는 그럴 겁니다. 애초에 인정하고 자시고 할 수 있는 것도 아니고요."

"뭐요?"

"우리는 오펙이 아니지 않습니까?"

오펙이 일반적인 기름 가격을 결정하기는 하지만 그건 어디까지나 그들 내부의 문제다.

미국도 사실 그 가격을 따라가지는 않는다.

"미스터 노, 이번에 미다스의 대리인이 된 건 축하합니다. 하지만 이게 미다스가 원하는 일일까요?"

"미다스가 직접 내린 명령입니다. 저희도 원유를 팔아서 홍보하고 수익을 내야지요."

노형진을 설득하던 그들은 말문이 막혔다.

어떻게 해서든 막고 싶은데 방법이 없어 보였으니까.

"다른 방법은 없습니까? 우리 입장에서 이건 심각한 문제입니다."

아무리 오펙이 아니라고 해도 최소한 기본적인 룰은 지켜야 하는데 신경도 쓰지 않는 듯한 노형진 때문에 오펙에서 온 사람들은 심각한 표정이 되었다.

"미스터 노, 그건 우리도 마찬가지입니다. 아무리 그래도 배럴당 30달러는 너무 쌉니다."

질세라 미국도 항변하고 나섰다.

미국도 이제 당당한 산유국이다.

당연히 그에 관한 문제는 심각하게 받아들일 수밖에 없다.

"물론 미다스가 뭘 원하는지는 압니다. 하지만 그렇다고 해서 이렇게까지 하는 건……."

"거기에다 미다스는 이번에 결제 대금을 달러가 아니라 원화도 인정할 생각입니다만."

"뭐요?"

미국의 대표는 눈을 찌푸렸다.

그럴 수밖에 없는 게, 현재 달러가 가장 강력한 화폐가 된 것은 오펙을 비롯한 다른 나라들이 결제를 오로지 달러로만 받고 있기 때문이다.

당연히 그러한 구조 때문에 그걸 찍어 낼 수 있는 미국은 초강대국이 될 수밖에 없었다.

결제 대금용 화폐로 달러만을 인정하지는 않는 나라는 오로지 미국의 경제제재를 받고 있는 베네수엘라뿐이다.

"지금 미국과 전쟁하자는 겁니까?"

"아닙니다. 다만 한국을 키워야 할 필요가 있을 뿐입니다."

노형진은 슬쩍 말을 흘렸다.

그리고 그 말의 의미를 미국의 대표는 알아들었다.

"잠깐 이야기를 좀 해 보죠."

"무슨 이야기요?"

상황을 이해하지 못한 베네수엘라 대표가 되물었지만 미국 대표는 휴식을 선포했다.

"일단 쉬고 나중에 이야기합시다."

모두들 그렇게 나가자 노형진 역시 회의실 밖으로 나갔다.

그러자 그때를 틈타 미국의 대표는 회의실을 나가려는 오펙의 사람들을 데리고 다른 조용한 방으로 갔다.

"미다스는 아무래도 일본을 노리는 것 같군요."

"일본을요?"

"그렇습니다. 얼마 전에 일본이 미다스에게 선전포고한 걸 모르는 분은 없으시지요?"

"으음……."

다들 어두운 표정으로 고개를 끄덕거렸다.

일본은 자세하게 이야기하지 않고 미다스나 마이스터도 자세한 발표는 하지 않았지만, 노형진의 일본 입국이 거부된 일은 널리 알려진 사실이다.

"노형진은 그 이후에 공식 대리인이 되었습니다. 그것도 전 세계의 대리인이지요. 그리고 감옥에 있는 신동하가 아시아 대리인이 되었지요. 현실적으로 말하면, 감옥에 있는 사람을 대리인으로 삼는다는 건 말도 안 됩니다."

"그 말은?"

"우리가 자세한 상황은 모르지만 마이스터와 미다스는 일본을 제대로 밟으려고 하는 겁니다."

"그런데 왜 우리를……."

여전히 눈치가 없는 베네수엘라 대표를 흘끗 노려본 미국 대표는 나지막하게 그에게 설명해 줬다.

"한국은 일본의 철천지원수이며 현 상황에서 일본을 꺾을 수 있는 유일한 카드입니다. 중국 같은 경우는 성장하면 분명 뒤통수를 치는 성향이니까요. 하지만 한국은 의리를 중시하는 문화죠."

더군다나 중국이나 러시아와 손잡는다면 미국이 가만있을지도 모르는 일이고 말이다.

현실적으로 중국은 미국의 가장 큰 가상적국이며 러시아는 대놓고 적대적 관계를 유지하고 있으니까.

"그러니까 한국을 키워서 일본을 막겠다?"

"제가 초임 때 한국에 잠깐 근무한 적이 있지요. 한국인의 일본인에 대한 감정은 매우 부정적입니다. 전쟁이라도 벌어지면 육십 먹은 노인네도 총 들고 쫓아갈 정도죠."

모두가 침묵만 흘렸다.

실제로 여기에 있는 사람들은 대부분 경제 전문가다.

다만 베네수엘라는 독재국가에서 온 낙하산인지라 제대로 모르지만.

어찌 되었건 그들은 오랜 시간 일본을 봐 왔고 어떻게 성장했는지, 그리고 어떻게 무너졌는지도 안다.

그들 입장에서는 일본은 절대로 믿지 못할 대상이라는 것도 안다.

"결국 일본이 문제군."

미국 달러로만 유통되던 기름을 원화를 받아 가면서 거래한다는 것은 50억 배럴의 기름을 한국에 싸게 공급한다는 걸 의미하며, 그렇게 되면 한국의 경제는 말 그대로 불에 기름 부은 듯이 활활 피어나게 될 것이다.

"가장 가까이 있고 모든 면에서 대립하는 일본에는 타격이 어마어마할 겁니다."

미국 대표의 말에 사우디 대표가 손을 들었다.

"반대로 말하면, 우리가 한국에 도움을 준다 해도 무리하게 도울 필요는 없다는 거군요."

"아마도. 다들 아실 겁니다. 부자에게 중요한 건 돈이 아닙니다. 자존심이지."

100억 달러를 가지고 있든 1천억 달러를 가지고 있든, 결국 쓸 수 있는 돈은 한정되어 있다.

그래서 그 정도 돈이 있으면 자기 자신의 감정이 더 소중해지는 게 사실이다.

더군다나 마이스터를 찾기 위해 사치하는 사람들을 감시해 본 결과, 적당한 사람이 없었다.

그런 성향으로 볼 때 마이스터는 상당히 검소한 사람이라고 판단할 수 있다.

"조용한 사람이 화가 나면 더 무섭다고 하지요."

그건 어느 나라에서나 통하는 말이다.

그리고 마이스터가 움직이는 형태를 보면, 자신을 건드리지만 않으면 굳이 건드리는 타입이 아니다.

"아마도 미다스는 우리가 거기에 참가하는 걸 원하는 것 같습니다."

"하지만 그러면 손실이……"

사우디의 대표는 눈을 찌푸렸다.

그렇게 되면 손실이 심각해지기 때문이다.

하지만 미국 대표의 생각은 좀 달랐다.

"현실적으로 우리에게 손실은 거의 없습니다."

"네?"

"일본은 한국과 같습니다. 기름이 안 나오지요."

모든 기름은 외부에서 수입해야 하며, 그러지 않으면 일본은 한순간 정지할 수밖에 없게 된다.

"일본 정부도 바보는 아닙니다. 충분한 양의 기름을 비축하고 있지요."

일반적으로 국가들이 비축하는 기름의 양은 평시 사용 기준 대략 한 달에서 두 달 정도의 분량이다.

한국도 대략 50일 정도의 비축량을 가지고 있다.

그건 일본도 마찬가지다.

"즉, 우리가 기름 공급을 멈춘다고 해도 일본이 당장 멈추는 건 아닙니다. 다만……."

"기름이 떨어져 가는 걸 보면서 미다스에게 잘못을 빌 수밖에 없게 되겠군요."

일본에서 미다스가 손쓴 걸 모를 리가 없다.

자신들이 슬쩍 말해 줘도 되고, 아무리 정치인들이 병신이라고 하지만 첩보 팀이나 전략 팀은 있을 테니 미다스가 유전을 발견한 걸로 인해 이야기가 되었다고 예측하는 것은 어려운 일이 아니다.

"그리고 버티는 동안 비축량이 소진되면, 일본은 사태가 끝난 후에 어쩔 수 없이 그 비축량을 다시 채워 놔야 합니다."

즉, 오펙에는 돈을 좀 빨리 받거나 천천히 받거나의 문제일 뿐 피해가 있는 것은 아니라는 뜻이다.

"그리고 노형진은 그걸 요구하는 거고요."

"대놓고 말은 안 하지만요."

단순히 같이 죽자고 30달러로 뿌릴 미다스가 아니다.

"어떻게 해야 할까요?"

"일본은……."

미국의 대표는 진지하게 말했다.

"한번 손봐 주기는 해야 합니다. 그들이 한 짓이 있으니까요."

전 세계에 온갖 협잡질을 하며 협박을 해 대는 게 일본이다.

심지어 유엔에 줘야 하는 돈도 자기들이 조작한 역사를 공식으로 인정하지 않으면 주지 않겠다고 버티고, 온갖 국제 행사를 뇌물을 뿌려 가면서 섭외한다.

"어차피 우리 손해도 없는데 굳이 일본을 편들어 줄 필요는 없지 않습니까?"

미국 대표의 말에 모두가 고개를 끄덕거렸다.

국제 밉상

일본은 모든 자원을 수입해서 써야 한다.

그런데 그런 일본의 지금 상황은 심각하다 못해 완전히 코너로 몰리고 있었다.

"현재 공장의 20%가 멈췄습니다. 협상을 하고 있습니다만……."

마이스터의 특허 사냥은 적절하게 멈출 수 있었다.

하지만 그건 어디까지나 외적인 부분이다.

"장기적으로 보면 피해가 심각합니다."

일단 마이스터가 접촉한 걸 알고 나면 그 특허의 사용을 인정받기 위해 어쩔 수 없이 사용료를 올려 줘야 한다.

노형진이 특허를 사겠다고 덤빈 건, 특허는 사용 허가만

받으면 누구든 쓸 수 있기 때문이다.

그렇다고 해서 그 특허를 쓸 공장을 만드는 건 비효율적이다.

그래서 노형진은 특허를 산 후에 사용 금지를 걸어 버리거나 그게 불가능한 경우는 아예 사용 갱신을 못 하게 하는 식으로 공장을 멈추게 하고 있었다.

"일단 우리가 쓰는 특허의 가격이 너무 높아졌습니다."

당장 당사자 입장에서는 돈을 많이 주는 사람에게 특허를 넘기려고 하는 게 정상이다.

설사 넘길 생각이 없다 해도, 이쪽에서 더 높은 가격을 내지른 이상 최소한 그에 준하는 가격을 수익으로 얻으려고 하는 게 당연한 일이다.

그래서 일본의 기업과 재협상하면서 마이스터라는 존재를 내세우며 더 높은 가격을 부르기 시작한 것이다.

"특허의 소유자들이 그걸 비슷한 가격에 사 주거나, 사용료로 그에 준하는 돈을 내놓을 것을 요구하고 있습니다."

"젠장!"

야베는 욕이 절로 나왔다.

당연히 노형진이 돈을 빼 가는 형태로 공격할 거라 생각해서 그에 대한 대비를 해 놨는데, 공격 방향은 전혀 엉뚱한 특허라는 부분이었으니까.

"문제는 그 특허가 한두 개가 아니라는 겁니다."

현대의 물건들은 모두 특허로 시작해서 특허로 끝난다.

그 말은 그 특허료를 다 줘야 한다는 거다.

"현재 상황으로는 그들의 요구를 들어주면 상품의 가격을 최소 20% 이상 상승시켜야 합니다."

"그건 절대로 안 돼!"

"하지만 총리 각하, 방법이 없습니다."

"그래서 올리면? 그러면 그게 팔리겠나? 우리가 조센징에게 밀리게 된 이유가 뭐라고 생각하는 거야!"

일본이 한국에 밀리는 이유는 부족한 성능과 비싼 가격 때문이다.

텔레비전 같은 건 아예 비교 자체를 할 수가 없고 그나마 냉장고나 자동차 같은 걸로 비벼 보는데, 현실적으로 비슷한 성능에 가격은 일본 것보다 한국 것이 싼 게 현실.

그래서 일본이 자꾸 시장을 잃어버리는 것이다.

"임금을 깎거나 하는 쪽으로······."

"지금 공장마다 사람 못 구해서 난리인 거 몰라? 더군다나 임금을 깎으면, 지금 우리가 세금이 얼마인지나 알아?"

일본의 상황은 원래 역사보다 훨씬 열악했다.

지금이야 공장에서 사람을 못 구해서 난리이지만 그건 일본이 성장해서 그런 게 아니라 야베가 정책적으로 돈을 무한대로 찍어내고 있어서 단시간 내에 일본의 소비력이 늘어났기 때문이다.

그런 상황에서 야베는 원래 역사보다 더 빠르게 소비세를 인상시켰고 그가 밀던 정책에도 한계가 와서, 결국 일본은 올림픽 개최조차 포기해야 했다.

"그런 상황에서 임금을 깎자고?"

물론 그런다고 해도 일본인들은 저항하지 않는다.

그게 일본이다.

그러나 문제는 그 이후에 소비력이 떨어지면 기업의 소비도 줄어든다는 거고, 그건 일본의 기업들에 치명타가 된다.

"어떻게 해서든 그걸 막아! 안 되면 협박을 해서라도!"

"하지만 각하!"

재수 없으면 특허권자가 해외로 튈 수도 있다.

그러면 여러모로 복잡해진다.

"우리가 특허를 침해하게 되면 국제사회에서 비난이……."

"끄응."

야베는 이 생각지도 못한 공격에 어떻게 대처해야 할지 알 수가 없어 머리를 부여잡았다.

"지금이라도 신동하를 풀어 주는 게……."

"말이 된다고 생각해? 그래 봤자 천천히 죽느냐 아니면 빨리 죽느냐의 차이가 있을 뿐이잖아!"

"신동하는 딱히 일본 전체에 피해를 준 적은 없습니다."

다만 대동과 싸우는 중이고 일왕에게 충성을 바칠 뿐이다.

하지만 그는 대동의 셋째 아들이고 대동의 싸움은 그의 개인적인 문제일 뿐이다.

이것이 법이다

일왕에게 충성을 바치는 것 역시 그에게는 일본인으로서 당연한 것인데, 그저 그로 인해 현 정권을 가진 야베와 그의 일파에게 찍혀 버렸을 뿐이다.

정작 신동하는 일본에 치명적인 타격을 준 적이 없었다.

노형진이 나서서 준 적은 있지만 말이다.

"큭."

야베는 말을 아꼈다.

자신의 정치적 야심 때문에 보복했다고 인정할 수가 없었기 때문이다.

"일단 그 녀석은 안 돼. 절대 안 돼. 죄가 없으면 만들어서라도 그 녀석에게 최소 20년 이상 선고하라고 해."

"알겠습니다, 총리 각하."

결국 답은 그렇게 나올 수밖에 없었고, 야베는 그걸로 끝내려고 했다.

"각하, 아직 보고 사항이……."

"보고? 또 뭔데?"

"기름을 구할 수가 없습니다."

"기름? 무슨 기름?"

"석유 말입니다. 주요 산유국들이 예약을 핑계로 석유의 공급을 거절하고 있습니다."

"무슨 말도 안 되는 소리야?"

일본은 산유국들 사이에서 상당히 중요한 자리를 차지하

고 있다.

그럴 만한 게, 일단 일본 자체가 선진국에 속해서 기름의 소비가 많기 때문이다.

가게로 치면 큰손의 고정 고객이라는 거다.

당연히 산유국이나 기업들은 미리 그걸 감안하고 기름을 뽑는다.

"저희도 당혹스럽습니다. 현재 해외에 나가 있는 협상 팀이 10일 이상 기름을 구하지 못하고 있습니다."

"뭐?"

10일이라고 하면 이건 심각한 문제다.

물론 당장 쓸 기름은 있지만 그건 어디까지나 비축유다.

"말도 안 돼. 도대체 이유가 뭐야? 산유국에서 왜 기름을 안 줘?"

야베는 침을 꿀꺽 삼켰다.

과거에 일본이 2차대전을 일으킨 이유가 뭔가?

기름을 구하지 못해서, 동남아의 유전을 빼앗기 위해 일으킨 게 2차대전이다.

그런데 이제 와서 또 기름을 못 구한다니?

"그게…… 정보부에서는 미다스의 소행이라고 생각하고 있습니다."

"뭐? 미다스? 그놈은 기름 쪽은 상관도 없잖아!"

주식을 좀 가지고 있을지는 모르지만 최소한 이렇게까지

파괴력을 가질 정도는 아니다.

그리고 아무리 대주주의 말이라고 하지만 정유 회사들이 기름을 팔지 않을 이유는 없다.

대주주는 말 그대로 주주일 뿐이며, 주주 회의가 열린 것도 아닌 이상에야 결정권이 없다.

설사 회사를 운영하는 운영진이라 하더라도 일본에 대한 석유 수출 금지 같은 걸 결정하면 바로 이사회에 의해 모가지가 날아간다.

"말도 안 되는 소리야! 거기서 왜?"

"그게…… 얼마 전에 공식적으로 발표가 났습니다만, 미다스가 유전을 발견했습니다. 추정 예상량이 50억 배럴이라고……."

"뭐……?"

띵한 표정이 되는 야베.

그는 금방 노호와 같은 포성을 질렀다.

"그걸 왜! 이제야 보고하는 거야!"

'보고했습니다.'

부하는 침을 꿀꺽 삼키며 뒷말도 삼켰다.

실제로 보고서를 올렸지만, 그걸 제대로 보지 않은 것은 야베다.

"그 이후에 미다스는 오펙과 일부 산유국들과 회담을 가졌습니다. 대리인으로 노형진이 나갔는데……."

"그 이후에 기름을 판다는 사람이 없다?"

"그렇습니다, 각하."

"그러면 뻔한 거 아냐!"

야베의 입술이 바짝바짝 말라 가기 시작했다.

⚖️

"흠, 이제 슬슬 야베도 똥줄이 탈 겁니다."

노형진은 이번에는 따로 정보 통제를 하지 않았다.

그러니 일본은 아마도 지금쯤 석유의 수입이 막혔다는 걸 알고 또 그 원인이 노형진이라는 것도 알 거다.

"벌써 10일이나 지났는데?"

"네. 그렇지만 여전히 버티고 있지요."

"지독한 놈들이군."

유민택은 의자 등받이에 기대면서 혀를 내둘렀다.

보통 정상적인 국가라면 일이 이쯤 되면 언론에서 정부를 성토하면서 상황을 알려야 한다.

하지만 일본은 전혀 문제없이 돌아가고 있다.

"아마도 자신들에게 투자한 사람들이 있으니 진짜로 비축분이 떨어질 때까지 안 팔지는 않을 거라고 생각해서 그럴 겁니다."

현실적으로도 그게 사실이다.

아무리 노형진이라고 해도 그 정도까지 압력을 행사하는

건 무리가 있으니까.

"그러면 여전히 신동하는 감옥에 있는 건가?"

"그럴 겁니다. 뭐, 신동하 쪽도 그다지 불편하지 않다고 하니까 끝까지 가 보죠."

신동하는 여전히 구속 상태다.

도리어 일본의 검찰은 보석으로 나갈 것을 권유하는 모양이었다.

일단은 그렇게 함으로써 약간 숨통을 열어 주는 척하면서 노형진과 협상하기 위해서였다.

"꼴에 자존심은 못 버린다 이거지요."

그냥 풀어 주자니 자기들이 잘못했다는 걸 인정하는 셈이니까.

일단 보석으로 풀어 주고, 사람들이 이 사건을 잊을 때까지 조용히 있다가 무혐의로 풀어 주는 것이 아마도 지금 일본에서 구상하는 최적의 해결책일 것이다.

"하지만 신동하가 그러더군요, 자기가 살던 작은 다다미 방보다는 훨씬 편하다고."

독방에 신동하를 가두어 뒀던 그들은 그를 독실로 옮겨 주었다. 그리고 변호사의 접견도 허락했다.

아무리 일본 정부라고 해도 신동하쯤 되는 사람의 변호사 접견을 아예 막을 수는 없었다.

재판을 하게 되면 변호사는 무조건 동석해야 하니까.

한 번은 만나야 한다.

그리고 그 덕분에 전처럼 가혹행위를 하지 못하고 있었다.

"그러니까 끝장을 보라고 하더군요."

"속 편한 소리를 하는군."

"어차피 바닥으로 떨어져 본 적도 있는 신동하니까요."

"하지만 내 경험상 그런 사람은 다시는 떨어지지 않으려고 노력하던데?"

"지금 노력하는 겁니다. 만일 여기서 자신이 물러나면 다시 그 시절로 돌아간다는 걸 아는 거죠."

그러니 차라리 당장은 욕먹고 감옥에서 힘들다고 하더라도 버텨서 이겨 달라는 게 신동하의 공식적인 부탁이었다.

물론 대놓고 이렇게 말하지는 못했지만 말이다.

"일단 중요한 건, 신동하가 그렇게 이야기한 이상 우리가 여기서 멈출 필요는 없다는 거지요."

"상황이 이렇게 되었는데도 완벽하게 끝내지 못한다면 그건 문제가 있는 것 아닌가?"

유민택은 걱정스럽게 물었다.

노형진의 말대로 기업들이 망할 것까지 각오하고 그렇게 모든 선을 끊어 버리지는 않을 테니까.

투자한 돈에 대한 부분은 일종의 족쇄 같은 것이다.

"물론 그렇지요. 하지만 기업들도 한 가지는 확실하게 알 겁니다. 저와 일본은 이제 같은 하늘 아래 살지 못한다는 걸요."

이번 일로 확실하게 틀어졌고, 기업들은 일본 아니면 미다스 둘 중 하나를 골라서 손잡아야 한다.

"그리고 현실적으로 일본의 손을 잡을 사람은 많지 않을 겁니다."

미다스는 전 세계를 아우르는 반면, 일본은 거대하기는 하나 수많은 시장 중 하나일 뿐이다.

"그리고 이번 타격이 일본 정부에는 심각하게 다가올 테니까요."

"어떻게?"

노형진은 빙긋 웃으며 종이를 내밀었다.

"이건……?"

"오늘 자 뉴욕 헤럴드 라인입니다. 팩스로 받았습니다."

"팩스로?"

유민택은 종이를 받아 살폈다.

그런 그에게 노형진이 빙긋 웃으며 말했다.

"채림이가 생각보다 일을 잘해 줬더군요."

⚖️

"이…… 이게 무슨……."

일본, 세계로부터 버림받았나?

일본의 오일쇼크가 코앞으로 다가온 것으로 드러났다.

지난 며칠간 일본은 새로운 오일을 구입하지 못하고 있다.

각국에서는 그 이유는 밝히지 않고 있지만, 일반적인 오일 비축량을 생각하면 일본의 오일 비축량은 5분의 1 이상 사용했다고 봐야 한다.

가장 큰 문제는 몇몇 기업들이 일본 기업들과의 거래를 일시 중단한 상황이라는 것이다.

해당 기업들은 상황을 확인 중이라며 언급을 꺼렸지만, 현재 일본이 다수의 기업들과 오일 회사로부터의 구입을 거부당하는 것은 일본 경제의 자금력이 한계에 다다른 것이 아니냐는……

"이게 뭔 개소리야! 한계라니? 한계라니! 우리 일본이 어때서!"

물론 상황이 안 좋은 것은 사실이다.

그러나 이 지경까지는 아니다.

그런데 갑자기 상황이 좋지 않게 몰려가고 있었다.

"기업에서 수출을 안 하다니? 왜? 무엇 때문에?"

"미다스의 압력 때문이라고 생각합니다만……"

"미다스! 미다스! 네놈들이 할 줄 아는 변명은 미다스밖에 없는 거냐!"

비서진은 입을 꾸욱 다물었다. 실제로 그랬으니까.

그것 말고는 해 줄 수 있는 말이 없었다.

"각하…… 이번에는 물러나서야 합니다."

"어째서!"

"오일쇼크라는 말의 충격 때문에 시중에서 사재기가 시작되고 있습니다."

일부 사람들은 일본에는 사재기가 없다고 주장하기도 하지만, 도리어 일본은 사재기가 상당히 많은 나라 중 하나다.

그럴 수밖에 없는 게 워낙 태풍이 자주 오다 보니 그때 버티려면 뭐든 사 놔야 하기 때문이다.

"하지만 이번에는 좀 다릅니다. 특히 주유소들은 기름이 떨어져서 다급하게 요구하고 있는 상황입니다."

"뭐? 기름이 왜 떨어져?"

"기름도 사재기되고 있기 때문입니다."

어찌 되었건 기름도 소비용품이다.

비상이 온다고 하니 사람들은 너도나도 차에 기름을 꽉꽉 채우고 기름통마다 기름을 가득가득 넣어 두고 있다.

그러다 보니 주유소에서 예상보다 많은 기름이 나가서 기름이 떨어졌다며 주문하는 것이다.

"그 때문에 기름의 사재기가 더욱 심해지고 있습니다."

물론 그건 일본의 기름이 진짜로 다 떨어져서 그런 게 아니라 단순히 그 주유소의 기름이 떨어진 것뿐이지만, 사람들은 이미 뉴스로 오일쇼크라는 단어를 들었기에 더더욱 마음이 급해져서 사방에서 기름을 긁어모으기 시작했다.

"특히 기업들은 발전기까지 싹 쓸어 가고 있다고 합니다."

기름과 석탄이 없으면 발전량은 줄어들 수밖에 없고, 기업 입장에서는 그러면 타격이 클 수밖에 없다. 그래서 기업들은 비상용 발전기와 더불어 기름을 모으기 시작했다.

"현 상황으로는…… 오일의 양을 가늠하면…… 10일 이상 버티기 힘듭니다."

"고작 10일 조금 넘었을 뿐인데?"

"사재기가 필요 이상으로 소비를 늘렸습니다. 평소의 세 배 이상입니다."

그리고 그때까지 기름이 들어오지 않는다면 진짜 오일쇼크가 오게 된다.

물론 그 전에 주문해 둔 기름이 오고 있으니 좀 더 버틸 수 있을지는 모른다.

하지만 언제가 되든 기름이 부족해질 것은 사실이고, 그 후에 다시 기름을 계약해서 보내려고 한다면 못해도 한 달은 걸릴 것이다.

"미다스……."

야베는 이를 빠드득 갈았지만 그가 할 수 있는 건 없었다.

⚖

"고생했습니다."

노형진은 감옥에서 나온 신동하를 품에 안아 줬다.

공식적으로 무죄가 나온 그는 피곤한 몸으로 한국에 들어왔다.

"제가 감옥에 가 있는 사이에 승진하셨던데요?"

신동하는 수척한 얼굴로 싱글벙글 웃었다.

"하하, 사정이 그렇게 되었습니다. 이제 슬슬 마지막을 준비해야 할 것 같아서요."

"저야 환영입니다, 하하하."

"그나저나 기분이 좋아 보이시네요."

"제가 없는 사이에 또 좋은 일이 있었거든요."

"좋은 일?"

"대동에서 많은 사람들이 제 쪽으로 넘어왔습니다."

"네? 그게 무슨 말입니까?"

그건 진짜 생각해 보지 못한 부분이었다.

물론 대동도 일본의 일부이기는 하다. 하지만 이번에는 대동에 손끝 하나 대지 않았다.

그런데 대동의 사람들이 왜 신동하에게 넘어온단 말인가?

"지금까지 일본 정부를 대상으로 싸워서 이긴 사람은 없었으니까요."

"그거야 그런데……. 아하! 그렇군요."

신동하는 일본 정부에 당해서 감옥에 갔고, 다들 이제 그가 끝났다고 생각했다.

하지만 노형진과 마이스터의 노력으로 도리어 일본 정부가 꼬리를 말고 신동하를 석방했다.

"즉, 저를 지지하는 세력이 신동성이나 신동우를 지지하는 세력보다 힘이 더 강하다는 뜻이죠."

그러니 슬슬 눈치만 보던 인간들이나 일부 저쪽 세력이 이쪽으로 붙었다는 것.

"이제 대동도 끝을 볼 때가 되어 가는 것 같네요."

"맞습니다."

노형진은 자신 있게 말했다.

"슬슬 악연의 끝을 봐야지요, 후후후."

다음 권으로 이어집니다

활 쓰는 대마법사

한시웅 퓨전 판타지 장편소설

**거침없는 팩트 폭격으로
드래곤조차 눈치 보게 만드는
극강의 꼰대! 아니, 최강의 궁신이 나타났다!**

유일하게 '신'이라 불리는 무인, 궁신 하철혁
자격을 시험받다 우화등선에 실패해
새로운 세상에서 눈을 뜨는데……

내공이 한 줌도 없다?

제로부터 시작하는 이세계 생활에 놀람도 잠시
처음으로 아버지라 느낀 존재가 살해당하고
그 뒤에 모종의 음모가 있음을 알게 되는데!

이세계에서도 궁신의 신화는 계속된다!
군필도 두 손 두 발 드는 FM 정신으로
안 되는 것도 되게 하라!

기어코 무대로

공원동 현대 판타지 장편소설